온후 판타지 장편소설
WISHBOOKS FANTASY STORY

전장의 화신

전장의 화신 6

온후 판타지 장편소설

초판 1쇄 찍은 날 | 2017년 7월 26일
초판 1쇄 펴낸 날 | 2017년 8월 2일

지은이 | 온후
펴낸이 | 예경원

기획 | 위시북스
편집책임 | 박우진
편집 | 이즈플러스

펴낸곳 | 예원북스
등록번호 | 제396-2012-000132호
등록일자 | 2012. 7. 25
KFN | 제1-124호

주소 | 경기도 고양시 일산동구 호수로 646-24 위너스21Ⅱ빌딩 206A호 (우)10401
전화 | 031-819-9431 팩스 | 031-817-9432
E-mail | yewonbooks@naver.com

ⓒ온후, 2017

ISBN 979-11-6098-377-7 04810
     979-11-6098-099-8 (set)

온후 판타지 장편소설

WISHBOOKS FANTASY STORY

전장의 화신

전장의
화신

CONTENTS

29장
공작, 바스트로

악마의 긴 밤.

달이 붉은색으로 뒤바뀌며 영혼을 울리는 주기.

특히 악마들은 이 주기에 취약했다.

왜 그러는지에 대해서 아는 이는 없었다.

대략적으로 5년에 한 번, 3개월간 지속되며 그 기간 동안 수많은 악마가 배회한다.

마왕급 이상이 아닌 악마는 모두가 그랬다.

'악마는 완벽하지 않다…….'

수십 년간 악마들과 싸우며 인류가 내린 결론이었다.

악마들이 마신의 영역 바깥에서 잘 활동하지 않는 이유도 바로 이 '악마의 긴 밤'과 연관이 있으리라고 여겼다. 아무리 미쳐 날뛰어도 어지간해선 이 영역을 벗어나진 않았던 탓이다.

물론 간혹 공작급 이상의 악마가 영역을 벗어나 대군을 이끌고 인류를 공격했던 사례가 없진 않았지만 대개가 그렇다는 이야기였다.

불과 5년에 한 번일지라도 이런 주기가 있다는 것 자체가 악마가 불완전한 생명체임을 알리는 방증이었다.

하지만 그 불완전한 생명체조차 어쩌지 못한 게 인류이기도 했다.

'괴물들도 영향을 안 받는다고 할 순 없다.'

무영은 하늘을 올려다보았다.

붉은 달.

만월의 달이 지상을 비추고 있었다.

저 달을 보고 있으면 무영마저 묘한 기분이 들었다.

괴물들도 서로 간의 차이가 있을 뿐 분명한 변화를 맞이할 것이었다.

그나마 이곳이라면 '아수라의 조촐한 신전' 덕택에 약간의 정신적 영향에서 평온함을 유지할 수 있었다.

'할 수 있는 모든 걸 했다.'

벽을 쌓았다. 어지간한 마법에도 흔들리지 않도록 설계했다. 공성용 무기를 만들고 훈련을 지시했다. 2만 여에 불과했던 영지민의 숫자도 3만으로 늘어나 있었다.

이 또한 아수라의 신전을 지으며 여러 곳에서 도깨비들이 물밀 듯 몰려온 덕이었다.

적어도 무영이 할 수 있는 모든 수가 던져진 상태였다.

악마의 공격으로부터 얼마나 버틸 수 있을지는 모르겠지만 결코 허무히 무너지진 않을 것이다.

"아랑드, 첫 명령을 내리겠다."

성 위, 영주의 방.

작게 말하자 문 건너편에서 반응이 있었다.

"무엇입니까?"

척!

아랑드가 곧추섰다.

베너렛 나이트가 된 아랑드는 여전히 도전적이긴 했지만 그 이상으로 무영을 따랐다.

한 번 보여준 '느린 검'의 효과가 제대로 먹혀든 듯싶었다.

"몸이 날렵한 이들을 꾸려 주변의 정찰을 시작해라."

"명을 따르겠습니다. 그리고……."

중요한 임무였다.

아랑드가 그를 모를 리 없었다.

하지만 뭔가 더 바라는 게 있는 듯 말을 이었다.

"이 임무를 끝마치면 다시 그 검을 보여주실 수 있습니까?"

무영은 작게 미소 지었다.

아랑드.

참으로 재밌는 녀석 아닌가.

문 건너편에 있음에도 투지가 절로 느껴졌다. 영주라서 따르는 게 아니라 자신을 이기고자 따르는 느낌이었다.

'한 명쯤은 있어도 괜찮겠지.'

아랑드는 무영도 조금 놀랄 수준으로 빠르게 강해지는 중이었다.

하물며 틈만 나면 무영과의 대결을 꿈꾸는 꿈나무다.

이런 이가 곁에 한 명쯤 있어도 나쁠 건 없을 것 같았다. 항상 경각심을 세우도록 도움이 될 테니 말이다.

나태의 최대 천적이 될 수 있었다.

"고작 그 정도로 보이는 검이 아니다."

"아……! 역시 그렇군요. 그럼 더 공훈을 쌓고 부탁하겠습니다."

아랑드도 그리 염치가 없진 않았다. 대신 공훈을 쌓아 거절하지 못하도록 만들 셈이었다.

무영은 저 뻔한 의도를 묵인해 주었다.

이윽고 아랑드가 움직이기 시작했다.

'어떤 악마가 나타날지 모른다. 나는 이곳에서 움직일 수 없다. 이게 가장 큰 문제지.'

악마의 긴 밤을 버티는 데 있어서 무영은 가장 중요한 게 정찰이라고 보았다.

사전에 파악이라도 할 수 있으면 대책을 세우는 게 가능하다. 마냥 속수무책으로 막는 것보단 가능성이 높았다.

더군다나 무영은 이미 어지간한 악마를 이길 수준이었다.

'너희는 내게 사냥당할 수도 있음을 알아야 한다.'

먹잇감이 될 생각은 추호도 없다.

무영은 사냥꾼이었다.

누구보다 노련한!

허리춤의 비탄을 매만지며 붉은 달을 올려다봤다. 투기가 절로 치솟고 당장 싸우고 싶은 마음이 가득하다.

'웜'이라서 그런 걸까. 아니면 다른 이유가 있는 것일까.

가슴이 쉽게 진정되지 않았다.

타닥. 타닥.

마치 사신을 연상시키는 거구의 남자가 유니콘의 뿔로 만든 왕좌에 앉아 손가락으로 의자를 두드리며 골똘히 생각에 잠겨 있었다.

검은색 망토와 수많은 뼈로 둘러싸인 희귀하기 짝이 없는 이 모습이 바로 제64좌의 마신 '하우레스'였다.

하우레스는 21개의 마왕군단을 이끌고 적이라 간주한 모든 것을 태워 버리는 권능의 소유자이기도 했다.

"시기가 안 좋군."

타닥. 타닥.

의자를 두드리는 소리가 끔찍하게 넓은 성의 내부에 울렸다. 그 앞에는 족히 수만의 악마들이 그를 향해 조아리고 있었다.

"붉은 달이 뜨기 전에 반대파의 숙청을 이뤄냈어야 하거늘. 계산을 잘못했어."

"하우레스 님, 당장에라도 명하신다면 다시 출정토록 하겠습니다."

그때 마왕 중 한 명이 조심스레 얼굴을 들고 말했다.

하우레스가 턱을 쓸며 답하였다.

"몇 명의 제후가 영향을 받았지?"

"정확히 일흔 여섯 명의 제후가 달의 영향을 받고 뛰쳐나 갔습니다."

제후. 귀족들을 말함이다.

그 숫자가 76명이라.

생각보다 많다.

그 밑의 부하들까지 생각하면 족히 수만은 될 것이었다.

"녀석들의 영토를 회수해라. 붉은 달 따위에 흔들리는 녀 석은 내 휘하에 있을 자격이 없다."

"하오나, 하우레스 님. 그 안엔…… 바스트로 공작도 포함 돼 있습니다."

"바스트로가?"

하우레스가 인상을 구겼다.

바스트로 공작이라면 가장 영향력이 큰 제후 중 하나로 하 우레스의 딸 중 한 명과 결혼한 '부마'였다.

마신들의 파벌 싸움 도중 큰 상처를 입어서 요양 중인 걸로 알았는데 설마 달의 영향을 받고 뛰쳐나갔을 줄이야.

잠시 고민하던 하우레스가 다시금 입을 열었다.

"회수하라. 더욱 엄격히 해야 할 것이다."

규정은 지엄해야만 했다. 예외를 뒀선 하나씩 흔들리게 마련이었다.

특히 지금과 같은 시기엔 더욱 그렇다.

마신들은 찬성파와 반대파로 나뉘어 격렬하게 싸우고 있었다.

바로 대혼돈을 일으키는 일이 논란이 된 것이다.

찬성파가 훨씬 숫자가 많다지만 마신은 그 하나하나가 압도적인 존재였다.

'1+1=2'와 같은 통상적인 공식이 전혀 통하지 않는다.

혼자서 열 명을 상대할 수도 있지만 그 반대의 경우가 될 수도 있는 게 바로 72마신이었다.

하여 섣불리 움직였다간 역공을 맞을 가능성이 있었다.

그러니 그게 설령 부마라고 할지라도 더한 잣대를 들이대 기강을 세울 필요가 있었다.

'그레모리, 그년의 세작이 아직 있을 테지. 그토록 솎아냈건만……'

하우레스의 눈이 착 가라앉았다.

이런 데에서 틈을 보일 생각 따윈 없었다.

어차피 시간은 자신들의 편이었다.

반대파가 할 수 있는 일이라곤 막고 도망치는 것뿐이 없었으므로.

쿵!

하우레스가 자리에서 일어났다.

휘이이잉!

그의 움직임에 따라 강렬한 바람이 사방에서 불어왔다.

붉은 달이 뜨는 기간 동안 내부를 정리한다.

그게 최선의 수인 듯했다.

"당장 시행하라."

하우레스가 말함과 동시에 악마들이 들썩였다.

"위대하신 하우레스 님의 명을 따릅니다."

"위대하신 하우레스 님의 명을 따릅니다."

"위대하신……."

사방에서 귀를 찌를 정도의 단일한 목소리가 퍼져 나갔다.

악마들은 성 내부만이 아니라 바깥에도 있었다.

그 숫자가 족히 수십만.

이윽고 수십만의 악마가 일사불란하게 움직이기 시작했다.

악마, 그중에서도 귀족은 영토와 아주 밀접한 관계에 있었다.

귀족 악마의 경우엔 영토 자체를 자신의 영역으로 삼아 영향을 끼쳤는데, 붉은 달이 떠서 귀족이 미친다면 당연히 그 안에 있는 악마들도 동요될 수밖에 없었다.

바스트로가 그랬다.

바스트로와 휘하 5만의 악마들이 그러했다.

'피를 보고 싶은 날이로구나.'

바스트로는 5만의 악마들을 데리고 천천히 남하하였다.

뿐만 아니라 바스트로를 따르던 제후 역시 그를 따랐다. 이들을 합치면 족히 10만은 되는 악마병이 함께했다.

이동하는 와중 걸리는 모든 괴물을 먹어치웠지만 갈증은 풀리지 않았다.

'더욱 강한 적이 필요하다. 이런 잔챙이들로는 안 돼.'

한참이나 남하하던 도중 바스트로의 눈에 띄는 괴물이 있었다.

불의 거인.

불타르!

능히 상위 포식자라고 칭할 수 있었으며 무엇보다 불타르는 무리 생활을 한다.

제법 넓은 영역이었는데 이곳의 주인이 불타르인 듯싶었다.

바스트로의 눈에 이채가 생겼다.

아랑드의 보고를 들은 무영은 눈살을 찌푸렸다.

'10만 악마병…….'

규모 자체가 달랐다.

그 정도 규모를 움직일 귀족이라면 적어도 백작 이상일 터.

시작부터 보스급의 괴물이 나타난 셈이었다.

그리고 무영이 악마를 인식한 순간 떠오르는 문구가 있었다.

〈공작 바스트로와 10만 악마병'이 출현했습니다.〉

〈구성은 다음과 같습니다.〉

공작 바스트로

백작 아르지오프

남작 알리만, 남작 오르아타, 남작 알루나…….

상급 악마 43

중급 악마 620

하급 악마 96,300

적의 규모에 대한 부분이었다.

대부분이 하급 악마라지만 귀족 수준의 악마가 족히 일곱은 되었다.

공작이라면 마왕의 바로 아래다.

쉬이 볼 수 없으며, 쉬이 봐서도 안 되는 레벨의 강자.

그나마 다행이라면 무영의 영지를 노리고 쳐들어온 건 아니라는 점이었다.

'불타르와 전쟁을 벌이고 있다.'

공작 바스트로의 목적은 모든 불타르였다.

무영의 영지 자체가 약간 외곽에 있기 때문에 잘하면 들키지 않고 이번 위기를 넘길 수도 있을 것 같았다.

그렇다고 그냥 넘어가기만 할 생각도 없었다.

불타르를 지원하는 형식으로 악마들을 잘라먹을 수도 있을 것이었다.

"영주님, 악마들이 쳐들어왔습니다."

무영이 여러 가지 수를 계산하고 있을 때였다.

영토 수호자 발탄이 급히 들어와선 말했다.

남작 알리만.

그가 이천가량의 악마병을 이끌고 무영의 성벽을 건드렸다.

"크하하! 운이 좋구나! 영락없이 정찰만 하고 끝날 줄 알았는데 심심하던 차에 잘 되었어!"

쿵! 쿠웅!

악마병들이 거대한 바위 따위를 던지거나 공성병기를 이용해 성문을 밀어댔다.

거대한 충격이 연달아 일어났고 성문은 머지않아 열릴 것처럼 보였다.

하지만 흔들리기만 할뿐 아무리 건드려도 성벽은 부서지

지 않았다. 성문도 열리지 않았다.

"응?"

처음엔 의기양양했던 알리만도 이내 고개를 갸웃했다.

성문과 성벽 모두가 너무나도 단단했던 것이다.

"마법적인 설계가 되어 있군. 드워프의 손길이 닿았어. 어쩐지…… 마법사단은 뭐하느냐? 어서 공격해라!"

문제점을 파악한 알리만이 외쳤다.

그러자 알리만의 뒤에 서 있던 일백가량의 악마가 주문을 외웠다.

콰아아아앙!

곧 수많은 마법이 떨어지며 벽을 강타했다.

이번엔 효과가 있었다.

벽이 크게 흔들리며 상반신의 일정부분이 휩쓸려 나갔다.

"제법 단단하다만 나 알리만 님을 막진 못하지! 크흐흘! 다 죽여주마!"

잠시 후 시작될 살육을 떠올리는 것만으로도 흥분을 주체할 수 없었다.

그렇게 알리만의 감정이 한창 고양된 순간.

쉬이이이익– 쿵!

하늘에서 무언가가 떨어졌다.

거대한 괴물, 켈베로스와 악령 포식자 타칸!

배승민과 무영도 당연히 자리하고 있었다.

네 명이서 뒤를 막았다.

끼이이이익.

곧 문이 열리며 수만의 병사가 모습을 드러냈다.

그 선두엔 발탄과 아랑드가 있었다.

'피할 순 없겠군.'

스릉!

무영은 쓰게 웃으며 비탄을 꺼냈다.

'한 명도 살려 보내지 않는다.'

언제 웃었냐는 듯 표정을 지웠다.

이 중 생존자가 생기면 일이 복잡해진다. 일거에 쓸어버려야 했다.

무영은 곧 살육자, 그 자체가 되었다.

악마와 부딪치는 건 아무래도 필연인 듯싶었다.

하는 수 없었다.

피할 수 없다면 싸그리 지워 버릴 수밖에.

무영의 주변으로 붉은빛이 감돌았다.

절대자의 영역이 선포되며 악마들에게도 약간이나마 영향을 주기 시작했다.

쉬쉬쉭!

그러나 먼저 나간 건 무영이 아니다.

검이와 검삼이 무영의 등 뒤에서 치솟듯이 뛰쳐나갔다.

"크하하하! 좋다! 우리 함께 투쟁을 해보자꾸나!"

남작 알리만이 크게 웃었다.

　그는 현재 붉은 달의 마력에 흠뻑 젖어 있는 상태였다.

　피를 보고 싶고, 봐야만 직성이 풀린다.

　거기에 '미쳤다'라고밖엔 표현이 안 되는 무한한 투쟁심마저 갖고 있었다.

　인류가 왜 악마를 전투 종족이라 부르는지 그 단편적인 예가 눈앞에 있었다.

　비단 남작 알리만뿐만 아니라 주변의 이천 악마도 곧 있을 싸움에 몸을 떨어대는 중이었다.

　'이때의 악마들은 언데드보다 더 언데드같지.'

　숨이 완전히 멎기 전까지 싸운다.

　어디 하나 잘려 나가는 정도로는 꿈쩍도 안 한다.

　흥분하면 고통까지 잊어버리는 게 악마라는 족속이었다.

　악마와의 전쟁이 심화되고 나서도 인류가 '악마의 긴 밤'을 피하려던 이유.

　그 숫자가 이천이라 할지라도 무시할 순 없다.

　"웅께서 참여한 성스러운 전쟁이다! 적의 씨를 말려라!"

　"아움! 아훔!"

　"아움! 아훔!"

　촤아아아악!

　서한이 거대한 몽둥이로 악마병 하나를 짓뭉갰다.

　그것을 시작으로 각축전이 시작되었다.

하지만 악마병 하나에 거의 네다섯은 붙어야 상대가 되었다.

그나마 다행인 점이라면 도깨비를 비롯한 이종족 모두는 착용한 장비의 질 자체가 전과 비교할 수 없을 만큼 향상되어 있다는 것이었다.

모든 드워프가 밤을 새워가며 망치를 두드린 결과였다.

"캬하하하하! 이 맛이다! 전장의 피 냄새가 나를 미치게 만드는구나!"

남작 알리만은 전신에 가시가 돋아 있었다.

그 가시는 자유자재로 늘어나 근처에 있는 모든 '적'이라 판명한 이를 꼬치처럼 꿰뚫었다.

가시를 타고 흐르는 피는 알리만이 직접 받아마셨다.

그리고 피를 마시면 마실수록 알리만의 날개가 심장처럼 울려댔다.

조금씩 몸집이 커지고 있었다.

심지어 몇몇 가시는 방출도 되는 것 같았다.

"검이와 검삼은 '기사'들을 노려라. 알리만은 내가 잡겠다."

그것을 본 무영이 명했다.

악마병들 사이에서도 기사의 차림을 한 악마 두 명이 남작 알리만을 호위하고 있었던 것이다.

저 둘이 있는 이상 무영 혼자서 알리만을 상대하긴 어렵다.

그러나 검이와 검삼이라면 능히 상급의 악마도 상대할 수 있을 것이었다.

'지위를 가진 것 자체가 최상급의 악마라는 뜻.'

작은 권능 또한 갖고 있다는 의미다.

남작 알리만의 권능은 바로 저 가시였다.

수많은 가시가 몸을 지키고 적을 꿰뚫는, 창과 방패의 역할을 동시에 수행해 내고 있었다.

하물며 피를 마실수록 몸집이 커지니 빠르게 제압하지 않으면 걷잡을 수 없을 정도로 피해가 속출할 터.

'귀족의 진정한 강함은 권능에 의함이지. 권능만 꿰뚫고 파훼할 수 있다면 상급 악마보다 못할 수도 있다.'

귀족이, 마왕이 그러하였다.

어쩌면 마신도 그럴 수 있다는 의견이 지배적이었다.

악마의 강함은 단순한 등급의 차이가 아니라 권능에서 나온다.

말인즉, 권능만 무효화시킨다면 충분히 상대할 수 있다는 뜻이었다.

"타칸, 길을 터라."

"나 타칸만 믿어라. 악마들은 지겹도록 상대해 보았다."

악령 포식자 타칸은 본래 아수라도에 있던 존재다.

악마가 악령의 형태로 그곳에 있어도 이상할 건 없었다.

촤촥!

이윽고 검을 쥔 타칸이 빠르게 발을 옮기며 악마들을 배제해 나갔다.

그 검술과 움직임이 많이 눈에 익다.

'그사이에 자신의 것으로 만들었군.'

검일과 검이의 전매특허.

검술과 달리는 법을 어느 정도 소화시켰다.

도둑질이라 할 수도 있겠지만 단순히 보는 것만으로 익히는 게 얼마나 말도 안 되는 일인지 알기에 무영조차 고개를 끄덕일 수밖에 없었다.

무영은 타칸이 만든 길을 따라 직선으로 달려 나갔다.

그리고 양자리 허리띠의 '비행' 능력을 사용해 일시에 거리를 줄였다.

콰창!

남작 알리만의 피부에 비탄이 닿았다.

하지만 살짝 긁는 게 전부였다.

가시가 갑옷과 같은 형태로 전신에 얽혀 있었기 때문이다.

"간지럽군."

알리만이 웃었다.

이어서 알리만이 이죽였다.

"먹이가 스스로 죽으러 들어왔구나. 왜인지 모르겠다만 네놈이 이곳에서 제일 신경 쓰였는데 마침 잘됐다."

남작 알리만의 신경을 은근히 긁는 존재가 무영이었다.

그냥 무영이 나타난 순간부터 이상하게 신경이 쓰였다.

본능적인 거부감과 같았다.

주변을 정리하고 자신이 직접 찾아갈 작정이었건만 알아서 굴러 들어왔다.

어찌 웃음이 나지 않겠는가.

'결을 읽기가 어렵군.'

하지만 알리만의 속내와는 별개로 무영은 끊임없이 알리만을 파악하는 중이었다.

만물에는 결이 있다.

결만 찾아내면 세상에서 제일 단단한 것도 부술 수 있다.

그러나 수십, 수백의 가시로 얽혀 있는 탓에 결을 보기가 굉장히 까다로웠다.

하나씩 제거하는 건 끝이 없다.

저 갑옷 자체를 관통하는 단 하나의 결이 있을 것이다.

콰칭!

일순 알리만의 전신에서 가시가 사방으로 솟아나왔다.

가까스로 막긴 했지만 가시가 꺾어지며 무영의 활동반경 전부를 좀먹었다.

화르르르륵!

동시에 용의 영혼이 작동했다.

무영의 전신이 불로 이글대며 가시를 삽시간에 태워 버린 것이다.

그것을 본 알리만이 흥미롭다는 듯 감탄을 내뱉었다.

"용의 불? 대단하군. 하나, 하우레스 님의 불꽃에는 못 미친다."

하우레스!

64좌의 마신.

그 이름을 여기서 들은 건 의외였다.

'하우레스의 악마들이었군. 가장 위험한 마신 중 하나.'

무영의 머릿속을 스치고 지나가는 장면이 있었다.

놈. 하우레스가 지나간 자리엔 지옥불만 남았다.

하우레스의 불은 모든 적을 태운다. 하지만 하우레스가 원하면 불에 탄다고 하더라도 죽지 않는다. 그야말로 영원히 불타오르며 고통을 맛봐야 하는 것이다.

그리고 푸른 사원의 벽을 깨고 멀린을 죽이고자 움직인 마신 중에 하나였다.

이후 대도시를 지옥의 업화로 휩쓸며 수십만의 생명을 앗아갔다.

'나는 착실히 나아가고 있다.'

무영의 입가가 살짝 호선을 그렸다.

하우레스의 이름이 귓가에 들릴 정도로 무영은 분명히 나아가고 있었다.

잡힐 듯 잡히지 않던 72마신의 권좌에 다가가고 있다는 확신이 들었다.

남작 알리만은 단지 그 발판일 따름이었다.

쾅! 콰앙!

수없이 공격을 반복했다.

알리만의 가시갑옷은 깨지지 않았다.

"간지러운 공격밖에는 할 줄 모르는 것이냐! 크하하!"

대놓고 비웃었다.

무영의 전신엔 상처가 늘어나고 있었다.

용의 불도 무한히 타오를 순 없었다.

하지만 무영의 눈은 끊임없이 알리만의 전신을 훑어대는 중이었다.

단 하나의 결.

저 가시들을 일거에 꿰뚫을 하나의 결만 확보하면 된다.

나머진 안중에도 없었다.

'……보였다.'

무영의 눈이 번뜩였다.

가시가 방출되어 길어지는 그 찰나와 같은 시간에 무영은 분명히 특이한 결 하나를 감지했다.

결이라기 보단 점에 가까웠다.

모든 가시를 잇는 점!

저게 약점이다. 알리만의 권능이 가진 유일한 흠이었다.

동시에 뿔 두 개가 솟아나며 무영의 시간이 느려졌다.

유지시간은 1분에 불과하나 무영이 느끼는 시간은 4분에 가까웠다.

4배로 느려진 세상 속에서 알리만의 공격은 굉장히 느린 것처럼 보였다.

그리고 오로지 그 점 하나를 노리며 무영은 달렸다.

쩌어어어어억!

비탄이 정확히 점을 뚫었다.

강한 반발력이 느껴졌지만 아랑곳하지 않았다.

"이노옴!"

알리만도 무언가 이상함을 느꼈는지 방출한 가시를 모두 회수했다.

곧 모든 가시가 무영을 죽이고자 달려들었다.

'가속.'

헤르메스의 장화에 달린 기능.

세상이 더욱 느려졌다.

3초에 불과하지만 무영의 세계가 5배속으로 느리게 재생되는 것이다.

팔의 모든 근육이 비명을 질렀다. 핏줄이 피부 바깥으로 튀어나올 듯이 솟았다.

푸우욱!

곧 점이 뚫렸다.

"내…… 갑옷을…… 어떻게?"

믿기지 않는 눈초리로 알리만이 말했다.

그러나 알리만의 전신은 곧 재가 되어 으스러져 갔다.

본래 악마들은 죽으면 시체를 남기지 않는다.

이처럼 재가 되어 사라질 뿐.

무영을 향해 날아오던 가시들도 가루로 변해 바닥에 떨어졌다.

'악마는 불완전하다.'

그 모습을 바라보며 무영은 다시금 상기시켰다.

마신급이라면 모르겠으나 마왕까지는 '악마'의 범주에 넣을 수 있었다.

그리고 악마는 매우 불안정한 존재다.

마치 세계의 법칙에 위배되는 듯한 종족이 바로 악마였다.

죽어선 시체조차 남기지 못하지 않나.

〈'남작 알리만'을 사살했습니다.〉

〈영주 점수 300점을 획득했습니다.〉

〈'가시 결정화'를 획득했습니다.〉

〈전승 효과, '악마 사냥꾼'이 추가되었습니다.〉

〈'비탄'이 잘게 흐느낍니다. 악마에 대한 타격이 더욱 강해집니다.〉

쾅! 쾅! 콰르릉!

전방에서 폭발 소리가 끊이질 않는다.

알리만이 죽었대도 악마들은 변함없이 싸웠다.

모든 악마를 전멸시키기 전까지 멈추지 않을 테다.

'재는 재로.'

그러나 무영이 볼 때, 놈들은 이미 재와 다르지 않았다.

알리만과 이천의 악마병을 모두 없앴다.

바닥엔 잿덩이만 난무했다.

물론 무영의 피해가 없진 않았다.

'대략 육천여 명.'

이천 악마병을 제압하는 데 육천 명이 죽었다.

수지타산이 안 맞지만 처음 싸운 결과치곤 훌륭한 편이었다.

하나, 남은 숫자가 고작 2만 4천여밖에 되지 않는다.

이 숫자론 공작 바스트로에 닿을 수 없다.

놈이 이끄는 악마는 아직도 9만이 훌쩍 넘게 남아 있었다.

그대로 붙으면 결과는 뻔했다.

무영의 참패다.

'불타르들과 힘을 합쳐야겠군.'

결단을 내릴 시기인 듯싶었다.

알리만이 외곽에 있는 성을 발견했듯이 다른 악마라고 이곳을 발견하지 못하리란 법은 없었으므로.

결국 불타르들과 힘을 합쳐 대항하는 게 판도를 이어가는

데 가장 효과적이라고 보았다.

물론 불타르들이 무영을 받아들이느냐는 별개의 문제였지만 그 수가 최선이었다.

오가르가 나선대도 한계가 있을 테고 이 부분은 조금 고민을 해봐야 할 듯싶었다.

이윽고 무영은 품에서 검은색 구슬 하나를 꺼냈다.

손톱 정도의 크기지만 이 안에 담겨 있는 힘의 크기는 제법 놀라운 것이었다.

'고위급 악마는 죽으면 적은 확률로 결정화를 남기지.'

결정화란 악마의 힘이 응축되어 있는 구슬이다.

삼키면 능력치가 오르고 무기나 방어구의 재료로도 사용할 수 있었다.

그리고 가장 좋은 건 먹는 거다.

꿀꺽!

거침없이 가시 결정화를 입에 털어 넣었다.

동시에 전신의 근육이 요동쳤다.

〈힘과 민첩, 체력 순수 능력치가 5씩 상승합니다.〉

〈스킬 '가시화'가 추가되었습니다.〉

〈사용자 '무영'이 얻은 축복에 의해 가시화 스킬의 랭크가 'B'로 격상되었습니다.〉

이름: 가시화

효과: 전신을 단단한 가시로 뒤덮는다.

* 물리 저항 200 상승.

* 마법 저항 150 상승.

* 사용 시 민첩이 대폭(-60%) 저하된다.

* 공격한 자의 체력을 조금씩 앗아간다.

순수 능력치와 스킬 하나를 얻었다.

가시화라.

방어적인 스킬이지만 스킬 자체는 상당히 좋은 편에 들었다.

권능을 스킬로 만든 것이니 좋지 않을 수가 없었다.

긴급 상황에서 요긴하게 쓸 수 있을 듯싶었다.

사용하면 민첩이 낮아진다는 단점이 있었으나 어차피 가시화를 써야 할 상황이라면 크게 움직일 일도 없을 터였다.

'마땅한 방어 스킬이 없었는데 잘됐군.'

장비만으로는 해결되지 않는 부분이 분명히 있었다.

거기다가 무영은 2차 각성을 이룬 뒤 대부분의 스킬이 B랭크 이상으로 고정되었다.

이면의 주인들이 건넨 스킬을 제외한 모든 스킬이 말이다.

이는 확실히 축복이라 부를 수 있으리라.

익히기만 하면 무조건 B랭크가 되는 것이다.

이런 경우는 과거에도 몇 명 없었다.

서리여왕 김한나와 같이 지능이 미친 듯이 높지 않고서야.

'지능은 스킬의 숙련도와도 관계가 있지.'

높다고 머리가 똑똑해지진 않는다.

대신 스킬의 사용을 편하게 해주고 숙련도를 높이는 데 일조한다.

스킬의 구조 자체를 읽는다고 해야 할까.

간혹 스킬이 가지는 반발력 자체를 없애줄 때도 있었다.

다행히 무영의 지능은 낮은 편이 아니었다.

하지만 높은 편이라고 할 수도 없었다.

300도 안 되는 수치.

B랭크 이상으로 스킬을 유지할 수준의 지능이라 하긴 어려웠다.

'이번 기회에 스킬을 잔뜩 익힐 수도 있겠군.'

무영은 긍정적으로 생각했다.

귀족의 직위를 가진 악마들. 놈들을 없애고 결정화를 얻는다.

모두 먹어치워 이처럼 스킬을 얻으면 조금씩 아쉬웠던 부분들이 보완될 수 있었다.

적어도 익혀서 손해는 보지 않는다.

물론 스킬은 한 번 익히면 어지간하면 지울 수 없다.

잘못된 스킬을 익히면 천추의 한으로 남을 가능성도 분명히 있었다.

그러나 무영에게 한에서 그런 일은 일어날 수 없다.

40년간 쌓은 수많은 경험과 정보들.

그 시간이 마냥 허투는 아니었기 때문이다.

회귀한 현재, 이곳 마계에서 무영보다 오랜 시간을 보낸 사람은 없었다.

마찬가지로…….

전승 효과 –〉

악마 사냥꾼(B++. 악마를 사냥하여 결정화를 얻을 확률이 올라간다.)

무영은 고개를 주억였다. 사냥을 하면 마땅히 남기는 게 있어야 하는 법. 사냥꾼의 칭호다운 효과였다.

"불타르들과 합류하시겠습니까?"

배승민이 물었다.

그는 죽어서 리치가 되었지만, 리치답게 지능이 어느 정도 남아 있었다.

간혹 이처럼 조언을 해오기도 하였다.

하나 무영은 고개를 저었다.

"그들과 합류하는 건 나중이다."

불타르들과 합류하려 한들 그들이 무영을 받아줄지가 의문이었다.

'아니, 받아주지 않을 가능성이 더 높겠지.'

모든 불타르가 오가르와 같다고 생각해선 안 된다.

하지만 공작 바스트로와 십만에 달하는 악마병을 상대하려거든 불타르의 힘이 필수였다.

그러니 싫어도 공조하게끔 만드는 게 최상이었다.

"우린 적의 보급로를 끊는다."

악마도 먹어야 산다.

보급로라고 해봐야 괴물을 사냥해 뜯어먹거나 호수의 물 따위를 마시는 게 전부지만 그런 것들이 사라지면 어떨까.

가뜩이나 악마들은 붉은 달의 영향을 받아 흥분한 상태다.

'극단적이지만 그만큼 효과적인 방법.'

악마의 긴 밤을 대처하고자 만들어낸 전술 중 하나가 이것이다. 전쟁에서 보급로를 끊는 건 기본 중에 기본이니 일맥상통하는 부분도 있었다.

게다가 불타르는 딱히 먹지 않아도 장기간을 버틸 수 있다. 도깨비나 이종족도 성 내에 비축한 식량만 가지고 몇 달은 버틸 수 있을 터.

'전쟁은 조급한 쪽이 진다.'

전장만큼 암살하기 쉽고 좋은 장소는 없다. 더구나 무영보다 많은 전장을 경험한 사람은 정말 손에 꼽는다.

무연은 수많은 전장을 겪고 하나의 결론을 내렸다.

조급하면 조급할수록 실수를 남발하게 되어 있었다.

작은 일이 크게 돌아와 돌이킬 수 없는 결과를 만드는 것이다.

하여…… 무영은 착실히 적의 숨통을 조일 계획을 세웠다.

무영의 눈빛이 깊게 가라앉았다.

품의 나무가 있는 곳에 불타르가 모인다.

불타르는 품의 나무가 주는 안정감 없이는 살 수 없는 종족. 당연한 이치였다.

아니면 자신이 내뿜는 불길에 스스로가 잡아먹히는 탓이다.

그리고 바스트로와 악마병들은 그 품의 나무를 위협하는 중이었다.

서로 적대하던 불타르들도 이번 기회엔 힘을 합쳤다.

"오가르 소족장, 대족장께선 아직 결정을 안 내리신 건가?"

그렇게 모인 불타르가 물경 팔백.

다섯 개의 부족이 모였다.

악마에 비하면 숫자가 한참 적지만 그 힘은 절대로 무시할 수 없다.

그 하나하나가 상위 포식자였으니.

그리고 다섯 부족 중 하나를 다스리는 족장이 오가르에게 묻자 오가르는 묵묵히 고개만 저어 보일 따름이었다.

"대족장께선 우리의 승리를 위해 고민하고 계십니다."

"악마들 따윈 밟아버리면 그만 아닌가!"

"그러다 '날 선 깃털 부족'이 전멸했지. 그새 잊으셨습니까?"

"불타르의 적은 불타르뿐이다."

의견이 첨예하게 대립했다.

불타르는 강하다. 인간들도, 악마들도 어지간하면 피해가려 하는 게 불타르다.

하지만 그 피해가는 게 꼭 두려워서만은 아니다.

건드려 봤자 그들이 불타르에게서 얻을 게 없었다.

기본적으로 불타르는 품의 나무 근처에서만 살아가는데 품의 나무는 주로 악마의 영향이 적은 외곽에 있는 편이었다.

조금만 돌아가면 더 많은 시간을 절약할 수 있거늘 굳이 건드릴 이유가 없는 것이다.

물론 불타르의 반격을 겁내는 것도 부정할 순 없었다.

'이대로는 답이 없다.'

오가르가 내심 깊은 한숨을 내쉬었다.

자신이 봐도 불타르들은 너무 오만하다. 나아가려는 기색 없이 정체만 하고 있다.

불타르의 적은 불타르뿐이다?

하, 이런 소리나 하고 있으니 침략에 속수무책일 수밖에.

현실을 제대로 직시하지 못하고 있다. 주변에서 어떠한 일이 일어나는지 하나도 모른다. 스스로 눈을 감고 귀를 막았는데 어찌 알겠는가.

오랜 시간 한 영역에 머무른 결과이기도 했다.

마땅한 적이 없었고, 그렇기에 정체하였다.

'그런 면에서 무영, 놈은 난놈이었지.'

하루가 다르게 강해지는 게 놀라웠다. 도전을 하는 데에도 거침이 없었다. 다소 투박하긴 하지만 정신의 그릇자체는 위대하기 짝이 없었다.

그런 정신이 있었기에 오가르도 무영에게 끌린 것이었다.

반면에…… 불타르는 어떤가.

"악마 따윈 우리의 상대가 못 돼."

"전사 한 명당 악마병 백 마리만 데려가면 된다. 간단하군."

"대족장께서 나이가 드시더니 겁이 많아지신 게 분명하군. 과거에는 움직이는 것만으로 수많은 대지를 떨게 하셨거늘."

저들은 모른다.

대족장은 나이가 들고 혜안을 떴다. 그저 무작정 부딪히는 게 전부가 아닌 것을 깨달았다. 최대한 효율적으로 이기는 방법을 아는 건 불타르 중에서도 대족장뿐이었다.

쿵!

이윽고 모두의 시선이 품의 나무를 향했다.

품의 나무 근처에서 교감하듯 앉아 생각에 잠겨 있던 대족장이 마침내 움직인 것이다.

다른 불타르보다 1.5배는 커다란 체구.

이마에 새겨진 X자의 상처와 머리카락이 활활 불타고 있었다.

그가 천천히 입을 열었다.

"품의 나무를 버린다."

"……품의 나무를?"

"말도 안 됩니다!"

당연히 반발이 거셌다.

품의 나무는 불타르의 어머니와 같다.

그들에게 있어선 신성시되는 장소.

설령 버린다고 하더라도 다른 품의 나무를 찾기까지 기약이 없었다.

"이곳에 발이 묶이면 우린 진다."

하나 대족장의 의견은 확고했다.

적의 숫자와 규모를 따져 보고 내린 결론.

대지의 나무 근처에 한정되어 싸우거든 불타르는 악마들을 결코 이길 수 없다.

"겁을 먹은 겁니까? 대족장!"

"실망이오. 고작 악마 따위에 품의 나무를 버리다니!"

"닥쳐라."

콰지지지지직!

주먹을 쥔 손에서 흘러나온 피가 나온 즉시 불에 타 승화되었다.

모두가 입을 꾹 닫았다.

압도.

그에겐 주변 만물을 지배하는 패기가 있었다.

오래전 몇 개의 대지를 움직이는 것만으로 잘게 떨도록 만들었던 대족장의 전설이 그들의 머릿속에 다시금 새겨졌다.

"너희는 악마의 무서움을 모른다."

그가 천천히 이마의 X자로 새겨진 상처를 쓰다듬었다.

대족장의 몸에서 유일하게 난 상처였다.

"하우레스, 놈은 나를 장난감처럼 가지고 놀았지."

마신의 이름을 언급했다.

이를 빠드득 갈았다.

대족장은 이번에 쳐들어온 바스트로도 알고 있었다.

그렇기에 품의 나무를 버리겠다는 극단적인 선택까지 한 것이었다.

모두 놀랄 수밖에 없었다.

대족장은 그들에게 있어서 살아 있는 전설이다.

불타르라는 그 태생에 대한 자신감도 하늘을 찔렀다.

마왕과 마신도 은연중 불타르가 모이면 상대할 수 있으리라 생각하고 있었다.

한데 저 상처의 진원지가 마신이었다니.

오가르마저도 처음 듣는 이야기였다.

"지금 악마병을 이끌고 있는 바스트로라면 내게도 맞수다. 그러나 지금 이곳에서 나와 대적하여 맞수를 이룰 수 있는 자가 있는가?"

주변은 적막만이 가득하였다.

대족장과 대적할 수 있는 불타르가 있을 리가 없다.

모두가 침묵하자 대족장이 몸을 돌렸다.

"이곳에 발이 묶이면 이기는 것 자체가 불가하다. 하나, 도망가는 게 아니다. 조금 더 넓게 움직이며 바스트로를 짓뭉개 버릴 것이다."

대족장이 강한 의지를 보였다.

기적이 일어나지 않는 이상 바로 싸워서 이길 순 없다. 그리고 기적에 기댈 정도로 무르지도 않다.

다만 기회를 기다릴 따름이다.

800의 불타르가 대족장 하나에게 압도당했다.

결국 모두가 품의 나무를 버리고 이동하기 시작했다.

두 발 전진을 위한 한 발 후퇴.

'무영…….'

오가르는 무영과 그의 영지가 있는 방향을 바라봤다.

불타르가 일거에 빠진다.

그 틈에 악마들이 무슨 짓을 할지 모른다.

악마병들에게 걸리거든 지금 그가 가진 힘만으로는 대적하기 어려울 것이었다.

하지만 지금 상황에서 오가르가 줄 수 있는 도움이 없었다.

무언가 상황이 변하지 않는다면.

그러나 아무리 생각해도 이 상황을 역전시킬 묘수가 떠오르지 않았다.

숲을 태웠다.

물을 마르게 만들고 식량이 될 만한 모든 걸 없앴다.

오천의 병사가 50개의 부대로 나뉘어 일사불란하게 일을
진행했다.

괴물들을 죽여서 살점을 모두 불사르거나 땅속 깊은 곳에
묻었다.

악마병들의 활동 반경 내에 섭취 가능한 모든 걸 제거할
작정이었다.

"악마들이 눈치를 챈 것 같습니다."

아랑드가 말했다.

이 역시 예상한 수순이다. 십만이나 되는 악마병의 눈을
피할 순 없었다.

"보급을 모두 끊은 게 효과가 있긴 합니다만 악마병들이
잔뜩 흥분한 상태입니다. 빠르게 대피시키지 않으면 5천의
병사가 남아나지 않을 겁니다."

아랑드가 조급한 듯 말을 이었다.

무영은 지그시 눈을 감았다.

효과가 있다.

이제 방비를 위해 악마병들이 움직일 것이다.

여기서 싸우느냐 마느냐의 갈림이 있었다.

하지만 전력으론 상대가 안 된다.

그나마 악마들보다 뛰어난 점이라면 바로 정보의 전달력이다. 무영이 직접 만들고 운영하여 구축화한, 일사불란한 활동 체계!

이를 최대한 이용해야 한다.

유리한 점을 최대화하여 불리한 상황에 맞서는 게 기본이다.

'약자가 강자를 이기는 방법.'

전략과 전술에 능하진 않지만 지식은 있었다.

수많은 전쟁을 목도했고 그만큼의 역전극을 보았다. 절대로 이길 수 없을 싸움을 이긴 영웅이 몇 있었다.

무영은 그들을 떠올렸다.

'맞서는 건 최악의 수다.'

자살과 다름없다.

하지만 약자가 강자를 상대할 수 있는 방법이 없는 건 아니다.

우선 완성된 체계를 바탕으로 적의 진군을 최대한 지연하며 속도전을 벌인다.

원하는 장소에서 싸우고 적을 방심시킨다.

이길 듯, 이기지 못하게 하는 것이 주요 골자다.

최대한 적을 안달 나게 하면 기회가 한 번은 분명히 올 것이었다.

무영은 감았던 눈을 떴다.

"후퇴하지 말고 진지를 구축하라. 적을 유인하겠다."

공작 바스트로의 휘하에 있는 귀족은 다섯이었다.

남작 알리만, 남작 오르아타, 남작 알루나, 남작 스인, 백작 아르공.

"알리만이 왜 돌아오지 않는 거지?"

정찰을 나갔던 알리만이 오랜 시간이 지났음에도 돌아오지 않자 바스트로가 의문을 표했다.

그러나 누구도 대답을 하지 못했다.

알리만을 본 이가 없는 탓이다.

'당한 건가?'

바스트로가 의아했다.

자신들을 상대할 수 있는 건 이 영역에서 불타르뿐이었다.

하지만 불타르는 품의 나무조차 버리고 줄행랑을 치지 않았던가.

알리만을 제거할 틈이 있을 리가 없었다.

그리고 실제로 지금 자신들이 점거한 이곳은 품의 나무가 있는 지척이었다.

화르르륵!

품의 나무가 불타고 있었다.

불타르의 생명 유지에 필수적인 존재이며 그들이 어머니라 떠받드는 나무.

바스트로에겐 전혀 상관없는 이야기였다.

거슬렸기에 태웠을 따름이다.

"오르아타, 알리만이 정찰을 갔던 지역을 둘러보도록. 이상이 있으면 즉시 보고하라."

"즉시 출발하겠습니다."

남작 오르아타가 오천의 병력을 이끌고 출정하였다.

그 모습을 바라보던 바스트로의 눈에 이채가 생겼다.

'누가 방해하고 있는진 모르겠다만……'

바스트로가 놓친 제3자.

그 규모가 얼마나 되고 얼마나 강력한지는 모르겠지만 흥미로운 것도 사실이었다.

보아하니 숲을 태우고 호수를 매몰한 뒤 주변의 생명을 모조리 앗아가 악마들이 고사하길 바라는 것 같은데, 그 일사불란한 움직임은 보통이 아니었다.

하나의 명령체계 아래에서 움직인다는 말.

불타르의 영역에서 왕처럼 군림하는 놈이 있다는 뜻이다.

어찌 흥미가 생기지 않을 수 있겠는가!

'불타르처럼 겁쟁이가 아니길 바라지.'

솔직히 품의 나무를 버리고 도망간 불타르에게 실망을 금치 못했다.

바스트로는 새로이 나타난 적은 부디 다르길 빌었다.

히이이잉!

바스트로가 타고 있던 말의 등을 찼다.

지옥마와 비슷하게 생겼으나 색깔이 하얀 말.

유니콘이 잘게 울었다.

남작 오르아타는 오천의 병력과 함께 본래 알리만이 해야 했을 지역을 정찰하기 시작했다.

'여기로군.'

머지않아 외곽에 있던 성을 발견했다.

그 근처엔 온갖 악마병들의 장비들이 정리되지 않고 늘어져 있었다.

이곳에서 알리만이 당한 듯싶었다.

'모자란 놈.'

오르아타가 쯧쯧 혀를 찼다. 알리만은 앞뒤 재지 않고 무조건 돌진하는 녀석이었다. 언젠가 이런 꼴을 당할 줄 알았다.

붉은 달의 영향을 받은 탓에 그 행동에 더욱 거침이 없어진 모양이었다.

'복수는 해주마.'

오르아타는 다르다. 하지만 오르아타 역시 붉은 달의 영향을 받았다.

복수라는 명분 아래 명했다.

"성문과 성벽을 부숴라. 안에 있는 놈들을 끌어내겠다."

가장 먼저 크기만 5m에 달하는 거구의 악마병이 몸을 날려 문에 어깨를 부딪쳤다.

쿠우우웅!

문이 크게 떨렸다.

몇몇 악마가 날개를 활짝 폈다.

쉬이이잉-!

푹!

수십 발의 화살이 성 안에서 날아들었다.

하늘에 뜬 몇몇 악마가 화살을 맞았다.

공성병기에서 날아온 돌무더기가 악마병 진영에 떨어졌다.

하지만 그 숫자가 적었다. 크게 효과는 없었다.

이윽고 날개를 활짝 펼친 채 악마병들이 창을 들고 벽을 넘었다.

콰앙!

곧 문도 함께 부서졌다.

오르아타가 검을 뽑았다. 이어 그의 권능인 '격통의 발한'이 발동되었다.

쩌정!

그의 검에 서리보다 더욱 차가운 한기가 맴돌았다.

검은 얼었고 검에 닿는 수증기도 순식간에 얼어서 떨어지길 반복했다.

그야말로 닿는 모든 것을 얼려 버리는 능력!

오르아타와 오천의 악마병이 별다른 어려움 없이 성 안으로 입성했다.

'적이 없다?'

오르아타가 고개를 갸웃하였다.

화살을 날리던 적조차 자취를 감추었다.

그새 도망간 건가?

붉은 달의 영향을 받지 않았다면 분명 이상하게 생각했을 일이다. 알리만을 죽인 저력이 있는 적이 저항하지 않고 성을 내준 건 분명히 이상한 일이었다.

그러나 오르아타도 흥분하고 있었다.

아무런 의심 없이 성 안으로 발을 들였고 그게 돌이킬 수 없는 실수가 되었다.

콰아아아아아앙!

쿠우우웅!

사방에서 폭발이 일어났다.

'성 자체를 매몰시키려는 셈이구나!'

오르아타가 눈을 부릅떴다.

그제야 자신이 무슨 짓을 저질렀는지 깨달았다.

하지만 일반적인 폭발로 악마병을, 오르아타를 위협할 순 없었다.

그러나 지금 일어나고 있는 폭발은 예사롭지 않았다.

악마와는 극상성의 신성력이 포함되어 있었고 용의 피부조차 녹여 버릴 수준의 화력이었다.

조금만 신중했다면 당하지 않았을 것이나 이미 한발 늦었다.

"모두 성을 빠져 나가라!"

오르아타가 머리를 돌렸다.

그러나 성문을 다시 넘어가긴 쉽지 않았다.

'방어벽! 왜 방어벽이 거꾸로……?'

본래는 성의 외벽을 지켜야할 방어벽이 거꾸로 내부에 새겨져 있었다.

들어오는 건 자유지만 나가는 건 불가하도록.

처음부터 안으로 유인하는 게 목적이었던 것이다.

'화살과 공성무기가 날아들었다. 안에 놈들이 있었다는 뜻!'

저 보이지 않는 방어벽을 부수는 건 어렵지 않다. 그러나 지금 상황에선 제아무리 오르아타라 해도 힘들었다.

다시금 방향을 우회했다.

화살이 날아왔던 곳을 뒤지다보면 분명히 바깥으로 통하는 통로가 하나쯤은 나타날 것이다.

팅―

휘이익!

이 또한 오르아타의 기대를 배신했다.

자동으로 발사되는 석궁과 공성병기였던 것이다.

결국 이리저리 방황하다가 오르아타는 마지막 시간마저 날려 버렸다.

꽈앙!

마치 기다렸다는 것처럼 오르아타의 주변이 폭발했다.

〈'남작 오르아타'를 제거했습니다.〉

〈영주 점수 350점을 획득했습니다.〉

〈5,124명의 악마를 사살했습니다.〉

〈전승 효과 '악마 사냥꾼'의 랭크가 상승했습니다. B++ → A〉

〈결정화를 얻을 확률이 크게 올라가고 이제부턴 고위급 악마를 사냥하면 그들의 칭호를 빼앗을 수 있습니다. 단, 그 칭호 중 하나만 적용됩니다.〉

무영은 그 모습을 멀리서 바라보고 있었다.

성이 매몰되어 갔지만 아쉬운 기색은 아니었다.

'마룡살상포에는 한참 못 미치지만 신성력이 섞이니 효과가 좋군.'

암흑룡을 한 수에 죽였던 마룡살상포의 포탄만을 재현해 보았으나 화력 자체는 약간 부족한 감이 있었다.

하지만 배승민이 신성력을 더해서 악마들에게 극상성으로 작용했다.

덕분에 오천의 악마병 모두를 전멸시킬 수 있었다.

"성은 다시 만들면 된다."

무영은 뒤를 돌아 아쉬운 눈초리로 매몰되는 성을 바라보던 이들에게 말했다.

드워프를 동원하면 성은 몇 달이면 다시 세울 수 있었다.

하지만 패배하는 것만큼은 피해야 했다.

곧이어 무영이 매몰된 성으로 다가갔다.

주변을 둘러보자 유독 반짝이는 결정화가 눈에 띄었다.

알리만의 결정화와는 달리 한기가 가득했다.

손에 쥐었을 뿐인데도 손가락이 얼어붙을 듯했다.

꿀꺽!

그러나 무영은 지체 없이 삼켰다.

이어 전신을 부르르 떨었다.

〈민첩과 지능, 지혜의 순수 능력치가 5씩 상승합니다.〉

〈스킬 '격통의 발한'이 추가되었습니다.〉

〈사용자 '무영'이 얻은 축복에 의해 '격통의 발한' 스킬의 랭크가 'B'로 격상되었습니다.〉

이름: 격통의 발한

효과: 무기에 극상의 한기를 심는다.

* 무기에 닿는 모든 걸 얼린다.

* 자기 자신조차 얼릴 수 있으니 주의.

쩌저정!

비탄의 전신에 얼음이 입혀졌다.

가볍게 흔들자 주변의 모든 수분이 얼어 버렸다.

입자처럼 얼음 가루가 흩날리는 걸 보곤 무영이 고개를 끄덕였다.

'괜찮군.'

단지 얼리는 스킬이라고 생각할 수 있지만 마법사들이 사용하는 얼음 계통의 스킬과는 격이 다르다.

괜히 '권능'이라 칭해지겠는가.

오르아타는 이 권능 하나만으로 남작의 지위를 얻었다.

블리자드 혹은 얼음룡의 숨결과 같은 최상급의 얼음 계통 스킬과 견주어도 부족함이 없을 수준이었다.

'결정화가 생각 이상으로 잘 나온다.'

남작 둘을 죽였는데 두 개의 결정화가 나왔다. 악마 사냥꾼 칭호 덕이라고 하기에도 운이 좋았다.

대략적인 산술로 최소 귀족 스물은 죽여야 고작 하나를 얻을 수 있는 게 결정화였으니.

"구축한 진지로 돌아가겠다."

모든 악마가 재로 된 걸 확인하곤 몸을 돌렸다.

성을 매몰시키는 수는, 한 번밖에 사용하지 못한다.

하지만 그만큼 효과는 확실했다.

'바람이 바뀌었다.'

기적이 없다면 만든다.

무영은 이 상황을 타개할 수많은 묘수를 머릿속에 늘어놓았다.

알리만과 오르아타가 당했다.

바스트로가 의아함을 느끼고 병력을 더 보냈을 때, 그곳에는 무너진 성만이 있을 따름이었다.

"당했군."

과연 연달아 당하자 기분이 썩 좋지만은 않았다.

이로써 적이 만만치 않음이 판명된 것이지만 얕보고 있던 게 사실이었다.

"걸어온 싸움을 마다한다면 나 바스트로의 전사라 할 수 없다."

10만에 달하던 병사가 어느덧 9만으로 줄었다.

고작 10분의 1이라 할 수도 있지만 너무 쉽게 내줬다.

"알루나! 스인! 너희에게 각각 2만의 병력을 내어주마. 찾아내어 잔인하게 죽여라!"

이천으로, 오천으로 안 된다면 일만으로도 힘들 것이다.

하지만 2만의 악마병은 인간들의 거대한 성도 무너뜨릴 수 있었다. 적이 2만 악마병까지 상대할 수 있으리라곤 생각하지 않았다.

그간 동원된 괴물들의 면모를 살펴보면 무척이나 허접했던 것이다.

'도깨비, 드워프, 엘프……. 다들 보잘 것 없는 녀석들뿐이다.'

태생 자체에 한계가 있는 놈들.

하이 엘프나 룬 드워프 같은 극히 희귀한 종이라면 모를까. 그러지 않고서야 감히 악마와 싸울 순 없었다.

여기서 당한다면 그 역시 수모다.

그런 창피를 당할 수는 없지 않겠는가.

"적의 목을 바치겠습니다."

"바스트로 님의 영광을 위하여!"

이어 남은 두 명의 남작이 4만의 병력을 대동하고 떠났다.

남작 알루나와 남작 스인도 자신들이 패배하리란 생각은 전혀 하지 않았다.

무영이 택한 건 게릴라다.

속도전을 필두로 적들을 야금야금 갉아먹었다.

지형의 이점을 활용하고 우회하고 진을 치며 그야말로 '약자가 강자를 이기는 법'을 교과서처럼 행했다.

여기서 배승민이 크게 활약했다.

아크 리치인 그는 마법과 신성력을 동시에 사용할 수 있었고 리치인 주제에 악마와 상극이라 할 수 있었으니 여러모로 활용도가 높았다.

"이 쥐새끼 같은 놈!"

그 말이 마지막이었다.

스르르르릉!

남작 알루나의 몸이 꽁꽁 얼었다.

무영의 검이 알루나의 중심을 꿰뚫었던 탓이다.

〈'남작 알루나'를 처리했습니다.〉

〈영주 점수 500점을 획득했습니다.〉

〈'조화의 결정화'를 얻었습니다.〉

연달아 세 개째.

귀족을 죽이는 족족 결정화를 얻었다.

물론 얻어서 나쁠 건 없었다. 결정화는 악마의 힘 자체다. 먹으면 먹을수록 강해진다.

챙! 채챙!

알루나를 죽이자 와해된 악마병이 발악했다.

무영 역시 모든 병력을 총동원했다.

전황은 막상막하.

어쩔 수 없는 일이었다. 하급 악마병 하나가 도깨비 셋을 상대할 수 있었으니.

그나마 선전하고 있는 건 이미 악마병들의 힘을 쫙 빼놓은 덕이었다.

이기더라도 상당한 피해를 면치 못할 터.

쿵! 쿵!

그때였다.

멀리서 불의 거인들이 다가오고 있었다.

"무영!"

바로 오가르와 백에 달하는 불타르였다.

오가르는 반갑다는 듯 무영의 이름을 외치며 악마병들을 날려 버렸다.

아무리 악마병이라도 귀족이 아니고선 오가르를 쉬이 상대할 수 없었다.

그러나 그가 전부가 아니었다.

거기엔 유독 큰 불타르, 대족장도 포함되어 있었다.

흥분한 악마병들마저 그에겐 쉽게 다가서지 못했다.

그의 주변으로는 보이지 않는 벽 같은 게 설치되어 있는 것만 같았다.

'드디어 왔군.'

그들을 바라보는 무영의 입가가 작게 호선을 그렸다.

대족장과 오가르, 거기에 불타르 백여 명!

예상보다 숫자가 적긴 하지만 지금 이 상황을 타개할 수준은 되었다.

"하하! 넌 정말 대단한 녀석이다! 설마 여기까지 해낼 줄이야!"

오가르는 연신 거대한 창을 휘두르며 싱글벙글대는 중이었다.

피와 살점이 튀는 전장과 어울리는 그림은 아니었으나 그만큼 기분이 좋다는 방증이었다.

그도 그렇게 '설마'한 일이 현실이 되었으니까.

수백의 불타르가 품의 나무를 버리고 떠났다.

작전상 후퇴.

두 발 전진을 위한 뒷걸음질이라 자기위안을 했지만 결국은 악마를 피해 달아난 것과 진배없었다.

틈을 노리고 파고들 기회만 보고 있었으나 그 상황이 언제까지 지속될지는 아무도 몰랐다.

그런데…….

'판을 뒤집었다.'

무영은 판을 뒤집었다.

귀족이라 일컬어지는 악마를 연신 사냥했다.

어느 누구도 예상하지 못했던 수다.

어느 누구도 무영에게 기대하지 않았다.

무영이 처음 나타났을 당시를 기억하면 당연한 일이다. 품의 나무가 가진 문제를 해결해 줬다고는 하나, 무영의 힘 자체는 불타르와 견줘도 부족함이 많았던 탓이다.

그런데 지금.

스아악!

남작 알루나가 재가 되어 흩날렸다.

귀족의 칭호를 갖고 있는 악마를 홀로 처리하였다.

뿐만인가.

"움께서 적의 대장을 쓰러뜨렸다!"

"더 몰아붙여!"

무영을 따르는 수만의 병사 또한 만들어냈다.

이게 고작 1년 사이에 일어난 일이다.

'대족장께서 마음을 바꾸셨을 정도다. 고집을 꺾는 걸 본 적이 없거늘.'

무영이 아크 리치인 배승민을 보내지 않았다면 고군분투하고 있다는 사실도 몰랐을 것이다.

하지만 모두가 쉬이 믿지 않았고 결국 대족장을 비롯한 오가르와 그 일족만이 이곳에 당도하게 된 것이었다.

하지만 소기의 성과를 내면 모두가 마음을 바꾸리라 믿었다.

품의 나무를 불태운 악마들을 그대로 놔둘 순 없는 노릇.

대족장도 '가능성이 있다'라고 보고 무영을 돕는 걸 허락했을 터였다.

실제로 대족장의 눈은 연신 무영에게 닿고 있었으니.

'그는 대단한 친구입니다. 얼굴이 마르고 닳도록 보십시오.'

자신이 인정한 친구가 대족장에게도 인정받는 것 같아 가슴속에 묘한 떨림이 일어났다.

누구도 인정하지 않던 걸 무려 대족장이 인정하는 것이다.

무영에겐 그럴 만한 값어치가 있었다.

머지않아 대족장마저 뛰어넘어 버릴지 모르는 자!

어쩌면 지금처럼 이 세계의 판도를 바꿀…… 그런 자.

"늦었군."

수많은 악마병을 뚫고 무영이 있는 곳까지 당도하자 무영이 한 말이다.

오가르가 피식 웃었다.

"여전히 쌀쌀맞군."

"이야기는 전투가 끝난 후에."

무영의 얼굴에 피곤함이 드러났다.

말이 게릴라 작전이지 무려 14일간 쉴 새 없이 전투를 치렀던 것이다.

영주로서, 사령관으로서 모든 상황을 살피고 지시해야 하기 때문에 제대로 잠조차 들지 못한 나날이었다.

초인적인 정신력이 아니었다면 진즉 쓰러졌으리라.

이런 강행군이 가능했던 것도 그 중심에 있는 이가 무영이었기 때문이다.

　오가르는 내심 혀를 찼지만 그래도 이해했다.

　쫓아내지 않은 것이 어딘가.

　상황을 보면 아주 여유롭지는 않았다.

　"오냐, 미친 듯이 날뛰어주마."

　촤아악!

　오가르의 창이 땅을 갈랐다.

　조화의 결정화.

　남작 알루나를 죽이고 얻은 것이었다.

　전투가 끝난 직후 무영은 그것을 날름 삼켰다.

　〈'조화의 결정화'를 섭취했습니다.〉

　〈지능과 지혜가 7씩 상승합니다.〉

　〈'만물 조합' 스킬을 획득했습니다.〉

　〈사용자의 축복에 따라 '만물 조합' 스킬의 랭크가 'B'로 격상
합니다.〉

　조합 스킬이라!

　무영이 고개를 끄덕였다.

조합과 관련된 스킬은 잘만 쓰면 그 이상의 값어치를 하는 법이었다.

물론 잘못 사용하면 안 쓰느니만 못한 결과를 내기도 하지만 당장 관련된 스킬이 하나도 없었던 만큼 이득에 가까웠다.

"악마가 되는 게 두렵지 않느냐?"

그 모습을 지척에서 지켜보던 대족장이 말했다.

대족장.

무영도 이렇게 가까이에서 보는 건 처음이다.

하지만 전과 달리 떨림은 전혀 없었다.

일전 그를 멀리서 보았을 땐 '격'의 차이가 느껴져 본능적으로 몸이 떨어댔다.

하지만 지금은 조금 거리가 있을 뿐 격의 차이까진 느껴지지 않았다.

많이 따라잡았다는 뜻이다.

"악마의 힘을 취해도 악마가 되진 않는다."

무영은 담담하게 답했다.

과거, 무영이 회귀하기 전 돌았던 소문이다.

귀족의 직위에 있는 악마를 죽이고 결정화를 얻어 계속 섭취하면 악마 자체가 되지 않을까.

그런 이야기가 있었다.

결론은 아니었다.

가장 많은 악마를 죽이고 결정화 50개가량을 섭취한 '데빌

킬러'가 단언한 것이다.

물론 50개로 부족한 것이었을 수도 있지만 결정화 50개를 모으는 것 자체가 기적과 같은 일이었다.

"악마보다 더욱 악마 같은 것이 되지. 과거 그런 놈이 있었다."

무영이 의아한 듯 쳐다보자 대족장이 고개를 저었다.

"그보다 네놈의 활약은 잘 보았다. 이만한 병력으로 용케 악마들을 밀어붙였군."

"전쟁은 단순 힘 싸움이 아니다."

백 명으로 천 명도 막을 수 있는 게 전쟁이다.

압도적인 힘이 존재한다면 예외지만 요는 전략과 전술이었다. 수많은 병력이 부딪히는 힘의 소용돌이를 얼마나 잘 다루느냐.

다행히 무영도 아예 소질이 없진 않은 듯싶었다.

"그래, 힘 싸움이 전부는 아니지. 하나 바스트로와 함께 온 귀족 악마는 다섯이었다. 홀로 몇을 처리했느냐?"

"둘."

"둘? 대단하군."

하나 대족장도 지금 전장의 현황을 제대로 파악 못하고 있었다.

무영이 둘을 처리하고 수만의 병사를 없앴다면 충분히 가능성이 있었다.

그것만으로도 할 일을 다했다고 할 수 있었다.

하지만 무영은 고개를 저으며 손가락 두 개를 펼쳤다.

"둘 남았다. 남작 스인, 백작 아르공."

"……바스트로가 조급할 만하군."

이 대목에선 대족장도 약간은 놀란 모습이었다.

그럴 수밖에. 지금 주변에 모인 무영의 병력이라 해봐야 구성 자체가 초라하기 그지없었다.

이런 병력들을 이끌고 어찌 3명이나 되는 귀족 악마를 잡는단 말인가.

누구에게도 쉽지 않은 일이었다.

"불타르는 이게 전부인가? 못 해도 500은 모일 줄 알았는데."

무영이 이맛살을 살짝 구기며 말했다.

대족장의 앞에서 무례하기 짝이 없는 태도.

실제로 다른 불타르들이 반발하려 했지만 대족장이 손을 내밀어 저지했다.

"귀족 악마들이 연이어 쓰러졌다는 사실을 알았으니 속속들이 모일 것이다."

"그럼 전투를 속행해도 괜찮겠군."

"너와 너의 병사들은 휴식이 필요하다."

"지금이 아니면 남작 스인을 몇 배는 어렵게 잡아야 한다. 지금이 적기다."

무영은 뚝심 있게 밀고나갔다.

남작 알루나와 남작 스인은 각각 2만의 병력을 이끌고 출정했다.

그중 남작 알루나를 잡았으나 게릴라를 펼친 건 스인에게도 똑같이 적용되었다.

악마병의 힘이 빠져 있을 지금이 아니면 모든 악마가 한데 뭉칠 가능성이 있었다.

몇 배는 어려운 싸움이 될 것이다.

무영의 눈이 대족장에게 향했다.

한 치도 흔들림이 없는 눈빛.

어찌 보면 도전적이라 할 수도 있겠지만 이 역시 전사의 눈이라 아니할 수 없으리라.

대족장도 그런 면모가 오히려 마음에 들었다.

"좋다. 우리 부족이 도울 것이다."

"고맙군."

무영이 짧게 표하며 즉시 움직이기 시작했다.

대족장과 오가르가 포함된 불타르 100이라면 힘 빠진 악마병 2만을 잡는 것도 불가능하진 않을 터였다.

백작 아르공이 바스트로에게 말했다.

"바스트로 님, 알루나 경과 스인 경이 돌아오지 않습니다."

4만 병사 중 단 하나에게도 소식이 없다.

아무리 정찰이 급해도 정보병을 뽑아 이야기라도 전했어야 함이거늘.

아니면 마법을 이용해 통신이라도 보냈어야 정상이다.

그런데 아무것도 없었다.

이런 경우는 한 가지뿐이었다.

"……전멸한 건가?"

"불타르가 다시 나타났다고 합니다. 그들과 관계가 있지 않을는지요?"

빠드득!

바스트로가 이를 갈았다.

도합 절반의 병력이 제대로 싸우지도 못하고 증발한 것이다.

더 이상은 지켜볼 수 없었다.

히히히히힝!

바스트로가 유니콘의 옆을 쳤다.

"과연 어떤 놈들인지 직접 내 눈으로 봐야겠다."

이어 인상을 잔뜩 굳힌 채 바스트로가 말했다.

"전 병력, 출전하라."

품의 나무를 벗어난 악마들의 동태를 무영도 읽고 있었다.

"무영, 어찌할 것이냐?"

오가르가 물었다.

스인마저 제거하며 무영은 믿을 만한 지휘자가 되었다.

무영은 고개를 돌려 주변을 살폈다.

도합 700이 훌쩍 넘는 불타르와 무영이 갖고 있는 1만 여의 병력.

보통이라면 상황을 관망하는 게 정상이겠지만 승기를 잡았다.

'기세'라는 건 결코 얕봐선 안 되는 거다.

승리의 기쁨에 취하고, 승리를 위해 달려가는 것만으로도 대단한 힘을 발휘할 수 있다. 만약 여기서 잠시 주춤거린다면 그 기세를 잃을 가능성이 있었다.

"건곤일척."

"그건 무슨 말이냐?"

"한 번의 싸움에 모든 걸 건다. 악마들도 더는 수 싸움에 놀아나지 않을 터이니."

바스트로는 이상함을 느꼈을 것이다. 그의 움직이는 경로를 보건대 신중하기 그지없었다.

시간 싸움으로 가면 언뜻 무영이 유리해 보이지만 그렇지만도 않았다.

숲을 태우고 식량을 없앤 건 바스트로를 조급하게 만들어 실수를 하게끔 유도한 것에 불과했다.

만약 장기전으로 가면 무영과 병사들도 무사하진 못한다.

그래서 건곤일척이다.

다만 지형을 고를 권리는 무영에게 있었다.

"오가르. 너의 도움이 필요하다."

"뭐든지 말해라. 내가 할 수 있는 거라면 다 하마."

오가르는 이 영역의 태생이다. 누구보다 주변 지대를 잘 알고 있을 것이었다.

반면 바스트로는 한계가 있었다.

토박이와 이제 막 도착한 외지인의 차이였다.

'반드시 이긴다.'

건곤일척이라고는 하나, 무영은 질 생각이 없었다.

바스트로와 5만의 악마병이 양 옆이 절벽인 장소로 다가 갔다.

이곳 주변에 적의 병력이 모여 있는 걸 파악한 탓이다.

'보나마나 함정이겠지.'

유도하고 있다는 느낌을 강하게 받았다.

바스트로는 척후병을 보내 주변을 살피게끔 했다. 그리고 절벽 사이가 아닌 길로 우회하여 돌아갔다.

굳이 불리한 지형에서 싸울 이유가 없기 때문이다.

하지만 무영은 바스트로가 피할 거라는 사실 역시 읽고 있었다.

길을 돌았지만 한발 늦었다.

콰앙! 콰르릉!

바닥에 균열이 생겼다.

드워프들이 땅을 파고 돌아가는 길목에 폭약을 설치한 것이다.

추아아악!

동시에 폭발이 일어난 장소에서 물이 솟구쳤다.

지하수를 건드린 것이다.

'당했다.'

바스트로가 인상을 잔뜩 구겼다.

비록 목숨에 지장은 없으나 땅이 파이며 행동에 제약이 생겼다.

기다렸다는 듯이 멀리서 불타르와 1만 병사가 다가오는 중이었다.

"이놈! 이따위 얄팍한 수로 나를 막을 수 있을 것 같더냐!"

바스트로가 유니콘을 타고 공중으로 날아올랐다.

수많은 악마가 날개를 폈다.

실제로 죽은 악마병의 숫자는 극소수.

하지만 무영은 미소를 지을 따름이었다.

"날개가 부식되는 게 보이지 않는 모양이군."

치이이이익!

활짝 편 날개가 조금씩 타들어 갔다.

그 효과는 미미했지만 비행에 지장을 줄 정도는 되었다.

그리고 무영의 옆에서, 아크 리치인 배승민이 끊임없이 주문을 되뇌는 중이었다.

'성수는 아니지만 신성력을 머금은 물이지. 하급 악마에겐 제법 효과가 있다.'

지하수에 신성력을 가미하는 일이 쉽지는 않다.

어디까지나 하급 악마를 기준으로 효과가 있을 뿐이다.

그것도 피부가 약한 날개에 영향을 주는 게 전부다.

하지만 악마병 대부분이 하급 악마인 걸 감안하면 생각 이상의 결과를 거둘 수 있을 것이었다.

"노오오오옴!!"

바스트로가 목에 핏대를 세우며 소리를 내질렀다.

30장
그레모리

바스트로는 직감적으로 이 모든 일의 원흉이 저자임을 알아보았다.

네 명의 휘하 귀족을 없애고 물경 5만여의 악마병을 몰살시키는 데 지대한 영향을 끼친 원흉!

그로도 모자라 바스트로 본인이 함정에 당했다.

붉은 달의 영향을 받는 지금, 바스트로의 분노는 극에 달하고 있었다.

투둑! 투두둑!

전신의 근육이 팽창하며 크기를 늘렸다.

그 주위로 아지랑이와 같은 안개가 생성되었다.

이윽고 그 안개들이 합쳐지더니 바스트로의 모습을 그대로 재현했다.

분신!

총합 여섯의 분신이 완성된 것이다.

이윽고 완성된 분신들이 움직이며 주변을 휩쓸었다.

하지만 분신들은 외견만 같을 뿐 행색이 가지각색이었다.

예컨대 본체로 추정되는 자는 유니콘을 타고 있었지만 나머지 여섯은 아무런 탈것도 타지 않고 있었다.

무기나 입은 갑주도 달랐다.

'저게 권능이로군.'

분신 하나하나가 본체만큼의 힘을 가지고 있었다.

무영의 병사들은 별 저항조차 하지 못했다.

말 그대로 일곱의 바스트로를 상대해야 한다는 뜻이다.

보통의 분신이라면 유니콘에 탑승한 본체만 잡지 않느냐고 하겠지만……

'일곱 모두가 분신이고 본체다.'

무영은 도합 일곱 모두의 결을 읽었다.

그리고 결은 모두 같았다.

본체를 죽이면 나머지 분신 중 하나가 다시 본체가 될 것이다.

그런 권능이었다.

공작쯤 되는 자의 권능이니 과연 평범하진 않았다.

"바스트로는 내가 맡겠다. 너와 오가르는 나머지를 상대하라."

불타르의 대족장이 나섰다.

그는 칠백의 불타르 모두의 추앙을 받는 자.

불타르의 생태를 생각해 보면 대단한 일이었다. 충분히 바스트로를 상대할 수 있을 것이다.

대족장이 바스트로를 맡는다면 그다음 장애물이라 여겨지는 이는 한 명뿐이었다.

백작 아르공!

무영이 처리한 네 명의 귀족은 모두 남작이었다.

백작이면 거대한 벽 위에 있는 존재였다.

그는 무기가 없었다. 대신 구슬 하나를 가지고 있었다.

슈아아아악!

구슬을 쓰다듬을 때마다 검은 돌풍이 튀어나왔다. 악마병들 또한 터진 지하수의 잔재에서 뛰쳐나왔다.

마냥 좋지만은 않은 상황.

"무영, 불타르가 왜 적수가 없는 포식자라 불리는 줄 아느냐?"

오가르는 전혀 긴장감 없는 얼굴로 말했다.

"태생적으로 강하기 때문 아닌가?"

"그것도 그렇다만…… 우린 싸움에 이골이 났다. 굳이 지시하지 않아도 알아서 스스로가 무엇을 해야 하는지 잘 알고 있지."

무영은 주변을 둘러보았다.

파아아앙!

대족장은 바스트로와 격전을 벌이는 중이었다.

어느새 다가가 주먹을 뻗었고 그 풍압만으로 땅이 들썩일 수준이었다.

그 외에 다른 불타르도 대족장의 싸움을 위해 주변을 정리했다.

고위 악마병들의 발을 묶으며 강하게 밀어붙이는 중이었다.

"또 우리는 품의 나무를 두고 피 튀기는 경쟁을 하기도 했다만 무영 네가 고질적인 문제를 해결해 준 덕분에 평화적으로 일을 진행할 수 있었다."

나비효과와 같았다.

만약 무영이 품의 나무가 가진 고질적인 문제를 해결하지 못했다면?

불타르들은 쉽게 뭉칠 수 없었을 것이다.

품의 나무를 두고 경쟁하는 건 어디까지나 품의 나무의 생명이 짧아서이지 그 문제가 해결되면 서로 충분히 공유할 수 있었다.

하지만 이제 막 화합을 도모한 찰나에 공작 바스트로가 품의 나무를 태웠다.

무영의 이해와 일치하는 700 불타르 동료가 생기게 된 배경이었다.

"오가르, 타칸. 길을 터라. 저 태풍은 내가 잠재우겠다."

"방법이 있는 것이냐?"

태풍의 영역은 백작 아르공을 중심으로 넓게 퍼져 있었다.

적과 아군을 가르지 않는 무차별하기 짝이 없는 바람의 칼날들.

무영은 고개를 주억였다.

"상쇄할 순 있을 것 같군."

전이라면 불가능했을 것이나 악마의 결정화를 섭취하며 생겨난 스킬들이 있었다.

그를 잘 활용하면 완전한 파훼는 불가능해도 적당히 상쇄시킬 순 있을 것이다.

'여태껏 내가 얻은 스킬은 네 개.'

네 명의 남작을 죽이고 네 개의 스킬을 얻었다.

가시화, 격통의 발한, 만물 조합, 그리고 수중 폭발!

이 중 무영은 격통의 발한과 수중폭발을 조합해 새로운 스킬을 만든 바가 있었다.

'두 개를 조합해 얻은 스킬, 영점 폭발.'

무영이 손을 뻗었다.

동시에 손바닥 부근에서 수많은 얼음 결정이 생성되기 시작했다.

결정이 주먹만 하게 생성되자 무영은 그것을 던지듯 퍼뜨렸다.

쾅!

정확히 태풍을 향해 날아간 결정이 폭발했고 수많은 얼음을 발생시켰다.

이윽고, 놀랍게도 태풍이 얼어붙는 게 아닌가.

하지만 한 번으로는 부족하다.

무영은 달려 나가며 계속해서 영점 폭발을 사용했다.

"저런 재주는 또 어디서 배운 것이냐?"

타칸이 뼈다귀를 달그락거리며 물었다. 왜인지 부러워하는 기색이었지만 무영은 어깨만 으쓱할 따름이었다.

지하수를 터뜨려 이 주변은 습하기 짝이 없었다.

모든 수분을 빨아들이고 생성된 태풍이니 그 자체를 얼리는 것처럼 보이는 것도 당연한 일이었다.

슈아아악!

하지만 백작쯤 되는 자의 권능이 고작 태풍을 하나만 소환하는 것일 리 만무했다.

수많은 돌풍이 주변을 때렸다.

가까이 다가가는 것만으로 빨려들 것만 같은, 마치 블랙홀과 같은 강렬한 돌풍이 수십 개가 생성되었다.

스릉!

비탄이 잘게 울었다.

오가르와 타칸은 충실한 방패였다. 돌풍을 몸으로 막아내고 바람을 가르며 길을 터주고 있었다.

'어렵지 않다.'

무영의 머리에서 두 개의 뿔이 솟아났다.

가속!

세상이 4배 느려졌다.

하나, 기회가 많진 않았다.

계속해서 싸움을 속행하기 위해서라도 단칼에 끝낼 필요가 있었다.

파아아아악!

오가르와 타칸을 방패삼아 무영이 날아올랐다.

배승민. 그는 아크 리치다.

성자의 능력과 네크로맨서의 능력을 고스란히 갖고 있었다.

리치인 주제에 악마들과 상극에 있는 존재.

배승민은 그저 시체에 신성력을 주입한 뒤 터뜨리는 것만으로도 악마에게 치명적인 타격을 가하는 것이 가능하다.

당연히 악마병들의 입장에선 제거해야 할 1순위였다.

하지만 하급의 악마는 배승민에게 다가오는 것조차 쉽지 않았다.

휘아아앙!

배승민이 차고 있던 목걸이, 탈리스만이 빛을 토해냈다.

탈리스만은 신성구를 만드는 재료다.

위시의 발현을 위한 필수품이며 십만 사제와 교황, 성녀가 바라 마지않는 물건이다.

그저 있는 것만으로 악을 뿌리치는 파마의 힘을 갖고 있었다.

그러나 악마병은 많았다.

상급의 악마병 세 명이 순식간에 배승민을 둘러쌌다.

"상극의 물건을 가지고 있군."

"우리에게 넘겨라. 그것을 악으로 물들이겠다."

"리치 한 마리가 무엇을 할 수 있겠느냐. 포기해라!"

악마들은 마치 속삭이듯 말을 걸었다.

일종의 유혹과 비슷하지만 배승민은 무덤덤하게 답했다.

"나도 내가 무엇을 할 수 있을지 모르겠군."

기억이 있으나 정확하지 않다. 떠올려도 그저 무미건조하기만 하다.

리치가 되며 모든 감정을 상실했기 때문이다.

살아 있을 적의 기억은 아무런 감동도 주지 못했다.

자신이 무엇을 어디까지 할 수 있는 지도 확실하지 않았다.

하나, 이상한 일이었다.

단 하나의 의구심만은 계속해서 머릿속에서 얼굴을 들고 있었다.

'나는 무엇을 찾고 있는가. 무엇을 찾아야 하는가?'

유일하게 매몰된 기억이 있었다.

하지만 그게 무엇인지 모르겠다.

배승민은 그 '무언가'를 영원히 찾아야 한다고 생각했다.

"그러나 한 가지 확실한 것은 너희는 나를 막지 못한다는 것이다."

쿵!

배승민이 손을 모았다.

자신에게 신성의 축복을 걸었다.

샤라라라~

어디선가 늘려오는 노래.

상급 악마들은 무언가에 홀린 듯 보였다. 그들의 초점이 흐트러지고 침을 흘렸다.

이윽고 배승민의 머리 위로 빛이 태어났다.

빛은 둥근 원반 모양으로 뭉치더니 마치 알처럼 배승민을 둘러쌌다.

성자의 힘이다.

스으으으윽.

파아아아악!

이윽고 빛의 입자가 가열되는 것처럼 보이더니 그대로 터져 나갔다.

그 반경이 넓진 않았지만 안에 있던 악마는 순식간에 재가 되었다.

스으으으읍!

배승민이 입을 크게 벌렸다.

그러자 악마의 재가 입으로 빨려 들어갔다.

'악마의 기억. 누군가를 죽이고 싸운다. 그들은 그저 악하기에 악마다.'

배승민은 빛과 어둠으로부터 무한하게 성장할 수 있는 언데드였다.

그리고 지금 악마의 재를 흡입하여 그들의 기억과 힘을 얻었다.

비록 결정화를 먹는 것에 비하면 미미하기 그지없지만……

"내가 원하는 것은 아니로군."

배승민이 원하는 기억과 힘은 아니다.

'더 많은 악을 탐하면 알 수 있을까.'

주문이라도 걸린 듯이 움직이며 배승민이 악마를 사냥하기 시작했다.

털썩!

백작 아르공이 쓰러졌다.

전신이 꽁꽁 얼은 채 그 안에서 재가 되어갔다.

〈'백작 아르공'을 처치했습니다.〉

〈'바람의 결정화'를 획득했습니다.〉

다섯 번 연속.

귀족을 죽이는 족족 결정화를 얻었다.

무영은 즉시 들어 결정화를 흡입했다. 그러자 전신이 꿈틀대며 다시금 변화를 맞이하였다.

〈'바람의 결정화'를 섭취했습니다.〉

〈순수 민첩이 20 상승합니다.〉

〈'돌풍의 참혹함' 스킬을 획득했습니다.〉

〈사용자의 축복으로 '돌풍의 참혹함' 스킬의 랭크가 'B'로 격상합니다.〉

이 또한 나쁘지 않다.

그러나 마냥 기뻐하기만 하긴 어려웠다.

쿵!

저 멀리서, 굉음이 멎었다.

대족장과 바스트로의 싸움은 천지개벽이라 할 수준의 광경을 연출했으나 무영이 백작 아르공을 처리한 것처럼 승부가 갈린 것이다.

그리고 승자는 대족장이었다.

"바스트로, 하우레스의 종자야. 하우레스가 너를 지켜줄 것 같으냐?"

하우레스는 마신의 이름이었다.

그리고 마지막 남은 분신이자 본체.

대족장이 그의 목을 쥐었다.

하나 바스트로는 웃음을 잃지 않았다.

"그분은 악 그 자체다. 너 따위가 입에 담을 이름이 아니야."

"너는 나를 기억 못하겠지만 나는 너를 기억한다. 하우레스의 딸과 결혼한 부마 바스트로."

대족장의 자신의 이마를 가리켰다.

그에게 남은 유일한 상처.

불타르의 살아 있는 전설이지만 그 상처만은 어쩐지 눈에 띄었다.

"나는 하우레스에게 붙잡힌 광대였다. 전신을 난도질당하고 개처럼 기었지. 놈을 따른 자신을 원망해라."

바스트로는 대답하지 않았다.

대신 기분 나쁜 미소만 지을 따름이었다.

그러자 대족장이 놈의 머리와 다리를 붙잡고 좌아악 찢어 버렸다.

퍼억!

바스트로의 전신이 고무처럼 늘어나더니 이내 내장을 쏟았다. 잠시 후 바닥에 널린 내장이 조금씩 재가 되기 시작하였다.

"……."

재가 되어 가는 걸 확인한 대족장이 몸을 돌렸다.

그 역시 바스트로를 상대하며 수많은 상처를 입었다.

귀 한쪽이 잘려 나갔고 얼굴의 오른쪽 광대가 보일 정도로 피부가 긁혔다.

그러나 승자였다.

"대족장께서 적의 대장을 죽였다!"

"바스트로가 죽었다!

대족장이 한쪽 손을 들어 올렸다.

승리를 알리는 표시였다.

푸욱!

그 순간이었다.

대족장이 인상을 구겼다.

그리고 고개를 숙여 관통당한 가슴의 자상을 바라봤다.

"마지막까지 방심하지 않는 게 불타르의 덕목 아니었나? 광대 하르카여."

바스트로는 죽지 않았다.

죽지 않은 것뿐만 아니라 모습 또한 바뀌었다.

네 개의 다리, 여섯 개의 꼬리가 달린 거대한 괴이 생명체!

털은 없었다. 대신 불타르만큼 커다랬으며 전신은 검은 불길로 뒤덮여 있었다.

"내가 왜 부마로 선택받았을 거 같으냐? 마왕도 아닌 내가!"

수우욱.

바스트로의 꼬리가 대족장 하르카의 몸에서 빠져나왔다.

"네놈……."

대족장 하르카의 눈빛이 일렁였다.

하지만 더 이상 말을 잇진 못했다.

쿵!

그가 쓰러짐과 동시에 전장의 모든 움직임이 멎었다.

마치 약속이라도 한 듯이.

멀리서 그 광경을 바라보던 무영조차 인상을 찌푸릴 정도였다.

하지만 변한 바스트로의 모습은 불길하기 짝이 없었다. 일곱 개의 본체가 바스라지고 나타난 저것이 진짜 본체였다.

일곱 개의 결이 모두 저 한곳에 몰려 있었던 것이다.

'이대로는 이길 수 없다.'

다만, 방법이 아예 없진 않았다.

무영은 법보 한 장을 꺼냈다.

쫘아악!

법보를 찢자 글귀가 떠올랐다.

〈소드 데빌 '검일'을 소환합니다.〉

〈레벨 차이가 150 이상 납니다. '민첩' 순수 능력치 15가 하락하고 B등급 이상의 장비 하나를 제물로 바칩니다.〉

〈'미치광이 군주의 망토'가 증발했습니다.〉

바스트로. 놈만 악마가 아니다.

검일 또한 악마로 거듭났다.

인류 10강 중 일인인 그가 나타난 즉시 무영을 바라봤다.

무영은 비탄을 뽑으며 짧게 말했다.

"네가 나서야겠다, 검일."

그 순간 검일의 검에 검은색 기운이 덧씌워졌다.

민첩이 깎이고 미치광이 군주의 세트 효과인 모든 능력치 5를 상실했지만 검일의 활용도는 그 이상이었다.

당장 눈앞에 있는 바스트로. 놈에게서 느껴지는 기운은 대족장을 상회하고 있었다.

검일과 비교해도 부족하지 않다.

녀석을 사냥할 수만 있다면 그 이상의 보상은 확실하다.

수만의 악마를 잡고 모든 귀족을 처치했으며 바스트로까지 끝장내는 일이다.

어중간한 보상일 리는 없었다.

"모두 죽여주마!"

바스트로는 그야말로 미쳐 날뛰고 있었다.

모든 제약이 풀린 듯 피아를 구분하지 않았다.

마왕도 아닌 주제에 마신의 딸과 결혼한 부마.

그 이유를 알 것 같았다.

'완성되지 않은 힘.'

본체와 분신 일곱 개가 모두 합쳐져 빚어낸 형상이지만 완성되지 않았다.

저 형태는 왜인지 불안정하기 짝이 없었다.

일곱 개의 결이 제대로 뭉치지 않은 탓이다. 그럼에도 저만한 괴력을 발휘하고 있었다.

마왕과 마신들이 눈독을 들일 만한 권능이었다.

하지만 저 막무가내를 누구도 막지 못했다. 불타르도 정신을 차리지 못했다.

특히 오가르는…… 굳어버린 석상처럼 우뚝 서 있을 따름이다.

"내 상대는 저 괴물인가?"

검일이 검을 들어 바스트로를 가리키며 말했다.

일반적인 언데드와 달리 '악마' 속성을 가지고 있어서인지 말투가 차갑기 그지없었다.

확실히 다른 언데드와는 차별되는 성향.

검이와 검삼이 차례대로 검일의 근처로 다가왔다.

이 세 명은 '검'이란 이름으로 종속되어 있었다.

세 명이 뭉치면 추가 효과를 받는다.

세 개의 검이 공명하며 삼각형 모양으로 흩어졌다.

그 선두에 검일이 서서 무영을 바라봤다.

무영이 느지막하게 말했다.

"다른 검골과 함께 협력하여 죽여라."

"알겠다. '검의 원류'가 아니면 나는 지지 않는다."

검의 원류…….

아마도 킹슬레이어를 말하는 것일 테다.

검일은 악마가 되었지만 킹슬레이어의 싸움을 기억하고 있었다.

얼마나 처참하게 패했는지도.

그것은 싸움이라 칭하기에도 아까운 수준이었으니까.

그래서인지 검일은 킹슬레이어를 '검의 원류'로 취급하는 듯했다.

하지만 그건 킹슬레이어가 워낙 변칙적인 존재라 그런 것이다.

이면의 주인들. 잘은 모르지만 대마법사 멀린조차 그들을 치켜세우지 않았던가. 그러니 그런 변칙적인 존재만 아니라면 검일은 쉬이 당하지 않는다.

인류 10강이라 함은 마왕과도 대등하게 싸울 수 있는 자를 일컫는 말이었다.

'인류 10강 수준의 강자들은 꽤 있다. 그러나 그들 모두가 마왕을 상대할 순 없다.'

마왕. 권능의 종식자.

그것을 상대할 수 있는 자들에게만 '강'의 칭호가 붙는다.

지금은 그 의미가 살짝 변색되어 '가장 강한 10인'이라 불리지만 사실 그 원류는 '마왕을 상대할 수 있는 10인의 영웅'을 기리는 말이었다.

어쨌거나 그만큼 권능을 파헤치는데 도가 텄다는 말.

바로 순수다.

10강은 모두 순수한 기술을 바탕으로 강해진 사람이었다.

의미가 변색되었다 한들 그 최저한의 기준을 통과한 자만이 10강이라 불린다.

'권능을 파헤치는 진짜 힘은 순수에 기반을 두지.'

그리고 검일은 오로지 '검'만을 갈고닦으며 강해졌다.

때문에 바스트로의 상대에도 제격이었다.

대족장이 쓰려졌다면 사실상 바스트로를 상대할 수 있는 건 검일뿐이다.

그러나 무영도 놀고 있을 작정은 아니었다.

"배승민."

스아악.

바닥에 검은 원이 생기며 그 아래에서 배승민이 솟아나왔다. 악마의 심장을 손에 쥐고 있던 배승민이 그것을 터뜨리며 고개를 숙였다.

"부르셨습니까."

"내게 성자의 축복을 걸어라."

"몸을 해칠 겁니다. 추천하지 않습니다."

성자의 축복은 강력한 빛 계열의 스킬이다.

반면 무영은 어둠의 힘을 타고났다.

욤과 아수라, 비탄의 그레모리……

빛을 연상케 하는 건 하나도 없었다. 축복을 받을 경우 그 반발력은 충분히 예상 가능했다.

'그래도 해야 한다.'

전황이 다시 뒤집혔다.

대족장의 죽음이 모든 불타르에게 충격이었던 탓이다.

이대로 다시 바람을 꺾지 않는다면 패배는 물 보듯 뻔한 일.

검일이 바스트로를 죽인다고 하더라도 마찬가지다.

그동안 다른 아군이 우후죽순으로 죽어 나갈 터였으니.

무영은 재차 말했다.

"10분이면 족하다. 그 정도는 버틸 수 있겠지."

배승민이 눈을 감았다.

다른 언데드라면 주저 없이 행했겠지만 배승민은 '죽음의 권능'으로 말미암아 태어난 리치.

예컨대 영토 수호자 발탄의 경우 그 속내가 인간을 지키는 것에 있듯이 다른 언데드와 달리 고유의 목적을 지니고 있는 것이다.

무영에게 의견을 구하는 것도 이 '특수성' 때문일지 몰랐다.

잠시 후 눈을 뜬 배승민이 고개를 주억였다.

"알겠습니다."

동시에 무영의 손을 붙잡았다.

그러자 배승민의 손에서 빛의 문장이 새겨지며 축복의 기운이 깃들기 시작했다.

화아악!

〈'성자의 축복'이 깃들었습니다.〉
〈악에 대한 저항력이 상승합니다.〉
〈비탄의 검격이 더욱 날카로워집니다. 악마를 대상으로 하는 비탄의 공격이 더욱 강화됩니다.〉
〈10분간 모든 능력치가 30씩 상승합니다.〉
〈축복이 끝나면 모든 능력치가 24시간 동안 30씩 하락합니다.〉

10분이면 충분하다.
무영의 10분은 남들보다 더욱 길다.
검골 삼형제가 떠난 지 얼마 안 되어 무영도 움직였다.
뿔이 솟아나고 세계가 느려지기 시작했다.

오가르는 눈앞의 광경을 믿을 수 없었다.
대족장. 그가 쓰러졌다. 어쩌면 죽었을지도 모른다.
불타르의 살아 있는 전설이며 오가르에게 있어선 우상의 대상.
오가르가 오가르로 있을 수 있던 건 모두 대족장 덕이었다.
'아······.'
불타르는 대개 딱딱하다. 나아가는 걸 두려워하고 지금의 상황에 만족하려는 성향이 강했다.

반면 오가르는 도전을 무서워하지 않는다.

실패하더라도 크게 웃고 만다.

그 성정이 갑자기 생성될 리 없었다. 대족장의 아래에서 자랐기에 가능한 일이었다.

그는 자유에 대해 가르치며 책임과 의무 또한 강조했다.

편견에 사로잡히지 말 것을 누차 강조했고 힘에 취해 오만해지는 일을 경계하라 일렀다.

좋은 아버지이자 엄격한 스승의 역할을 동시에 했던 것이다.

한데 영원히 쓰러지지 않을 줄 알았던 그가 지금 바닥에 누워 있다.

세상이 멈추고 소리도 들리지 않았다.

"비극 따위에 멈출 셈인가? 그렇다면 실망이군."

무영이 말했다.

그 한마디만을 남긴 채 전장으로 뛰어들었다.

멈추고 싶은데 멈추지 말라 한다.

이후 무영이 보인 전장에서의 활약은 눈이 튀어나올 정도로 놀라운 것이었다.

그 짧은 시간에 모든 악마병의 시선을 받으며 전장의 중심으로 날아들었다.

빛의 축복과 함께 압도적인 무위를 선보이고 있었다.

평소의 무영답지 않지만 오가르는 그것이 '보여주기 위함'임을 깨달았다.

그렇다.

보여주고 있는 것이다.

불타르들에게, 오가르에게.

굳이 저런 요란을 떨 필요가 없음에도.

"움께서 전장을 지배하신다!"

"악마 따위에 굴하지 마라! 우리에겐 더 위대한 움과 훔이 있으니!"

"아움! 아훔!"

"영주님을 구해야 한다!"

"전장의 한복판에……. 젠장, 가자!"

작은 생물체들이 법석을 떨어댔다.

무영은 자신을 미끼삼아 다시 바람을 꺾어보고자 하였다.

역풍이 될지 순풍이 될지는 누구도 알 수 없지만.

적어도 저 작은 생명체들에겐 강력한 태풍으로 작용한 게 분명한 것 같았다.

'내가 움직여야 한다.'

대족장이 쓰러졌다.

남은 건 소족장인 오가르뿐이었다.

오가르가 멍청히 있다면 다른 불타르들도 구심을 잃고 만다.

작은 생명체들이 저리 노력하는데 불타르가 방관하고만 있을 순 없는 노릇이었다.

'지금부턴 내가 대족장이다.'

대족장의 부재를 확인한 지금 오가르는 그 자리에 빨리 올라야 했다.

그래서 혼란을 없애는 게 그의 역할이었다.

대족장은 언제나 바랐다.

대족장이 오가르를 이처럼 자유로운 사고로 키운 건 단 하나의 이유 때문이었다.

불타르의 부족이 아닌 불타르의 왕국을 만들기 위해서.

이제는 그 바람에 따라 움직일 차례였다.

검일의 검은 공간을 가둔다.

검일의 검은 법칙을 지배한다.

혼돈, 그 자체인 바스트로에겐 천적과도 같았다.

"인간도 악마도 아닌 어중간한 놈! 네 따위가 나를 이길 수 있을 거 같더냐?"

"싸움에 진 개가 시끄러운 법이지."

바스트로에게 달린 여섯 개의 꼬리가 공간을 휘저었다.

하지만 검일의 검술은 그 꼬리의 공격마저 무산시켜 버렸다.

궁극엔 달하지 못했으나 한없이 순수한 검일의 검이 바스트로의 꼬리에 담긴 권능을 베어버린 것이다.

우뚝 솟은 거대한 산처럼 검일은 한 발자국씩 나아갔다.

바스트로는 조급할 수밖에 없었다.

하지만 물러설 수도 없었다.

검일이 지배하는 공간에 갇힌 것이다. 마치 거미줄처럼 엮어진 이 공간에서 허우적대는 게 최선이었다.

"언제까지 나를 가둬둘 수 있을 것 같은가!"

여섯 개의 꼬리가 일자로 섰다.

쿵!

기둥처럼 땅에 박혀선 검은 연기를 마구 피워냈다.

이윽고 꼬리에서 원형의 물체가 마구 쏟아지기 시작했다.

쾅! 콰콰콰콰쾅!

원형의 물체에 닿은 모든 게 폭발했다.

그리고 폭발의 여파 뒤엔 아무것도 남지 않았다.

무언가가 베어 문 것처럼 깔끔하게 사라져 있었다.

그 영향으로 검일은 잠시 흔들렸다. 검이와 검삼이 만들어 놓은 진이 깨졌다.

"너는 원류가 아니다."

하지만 그래봤자 완성되지 못한 불안전한 존재다.

원류조차 아닌 것이 그 흉내를 낸다고 순수를 당할 순 없었다.

물론 검일도 그 수준에 이르진 못했지만 원류조차 아닌 것에 지진 않을 것이었다.

괜히 그가 인류 10강이라 불렸겠는가.

검일이 기운을 정비하며 검을 들었다.

동시에 꼬리에서 날아온 구가 검과 부딪쳤다.

꽝!

오가르의 각성을 시작으로 전장이 다시 뒤집혔다.

정말 각성이라고밖엔 부를 수 없는 일이었다.

언제 멈춰 섰냐는 듯 누구보다 빠르게 발을 놀렸다.

죽음조차 두려워하지 않고 그저 죽였다.

그리고 전투가 끝났다.

악마병들이 제압된 순간 바스트로와 검일의 싸움도 끝을 맞이했다.

촤아아악!

검일의 검이 바스트로의 몸통을 썰었다.

여섯 개의 꼬리는 이미 잘려 있었다.

싸움의 격렬함을 말해주듯 주변 땅이 남아난 곳이 없었다.

짙은 연기만이 자욱했고 그 속에서 둘은 미친 듯이 치고받았다.

카아아아아악!

오금을 울리는 비명.

전투의 끝을 알리는 소리였다.

바스트로는 이내 재가 되어 사라지기 시작했다.

이윽고 검일은 팔과 다리를 하나씩 잃고 날개가 찢어진 채 무영의 앞으로 다가왔다.

없어진 다리 대신 검을 지팡이 삼아서 움직이고 있었다.

"계약은 이행했다."

처음과 같이 무덤덤하기 짝이 없는 표정.

그 짧은 한마디가 전부였다.

검이와 검삼, 그리고 검일의 형체가 조금씩 부서지기 시작했다.

이내 다시 법보의 형태로 돌아갔다.

계약의 내용은 어디까지나 바스트로를 죽이는 것이었고 그를 이행했으니 더 남아 있을 이유가 없었다.

또한 망가진 신체를 수복하려거든 법보의 형태로 돌아갈 필요가 있었다.

팅!

데구르르르…….

검일이 사라지자 바닥에 검은색 구슬 하나가 떨어졌다.

그것이 무엇인지는 굳이 생각하지 않아도 알 수 있었다.

'바스트로의 결정화.'

이로써 여섯 개째.

모든 귀족 악마가 결정화를 내뱉었다.

마치 무언가의 운명이라도 되는 듯이.

결정화를 연속해서 귀족의 악마들이 뱉어낼 확률은 얼마나 될까?

확언하건데 지극히 적을 것이다.

그야말로 수천만분의 일의 확률.

가능성이 아예 없는 건 아니지만 상식적으로 이루어지리라 생각하긴 어렵다.

하지만 실제로 일어났고 무영의 손엔 또 다른 결정화가 쥐어져 있었다.

〈공작 '바스트로'를 퇴치했습니다.〉

〈'검은 혼의 결정화'를 획득했습니다.〉

〈'어둠과 심연' 칭호를 빼앗아 왔습니다.〉

〈칭호를 적용하시겠습니까? 악마에게서 빼앗은 칭호는 두 개 이상 중첩하여 사용할 수 없습니다.〉

전승 효과인 '악마 사냥꾼'이 A랭크가 되고나서 생긴 부가적인 효과. 바로 상대 귀족 악마를 없애고 그 칭호를 빼앗아 오는 것이었다.

무영이 직접 죽이지 않아도 무영의 휘하 언데드가 죽이면 같은 효과가 적용되는 듯싶었다.

'적용하겠다.'

마다할 이유가 없었다.

곧이어 무영의 주변으로 회색의 아지랑이가 피어올랐다.

〈'어둠과 심연' 칭호를 사용했습니다.〉
〈모든 능력치 +10, '악성향' 능력치가 개발되었습니다.〉
〈개발된 능력치는 칭호의 착용을 해제해도 지속됩니다.〉
〈악성향이 높을수록 더욱 악에 가까워집니다.〉
〈칭호의 효과로 인해 어둠에 속한 이들은 친근함을, 반대로 빛에 속한 이들은 경계심을 갖게 될 것입니다.〉

악성향 능력치라…….
무영은 피식 웃었다.
어차피 빛과는 거리가 멀었다.
그리고 조금 더 지나자 주변이 시끌벅적해졌다.
"으하하하하! 악마 따위 다신 얼씬도 거리지 마라!"
"이 승리를 움에게!"
도깨비들은 신이 났다.
서한을 필두로 무기를 든 채 승리를 맛보는 중이었다.
그렇다.
승리.
모든 악마병을 제압하고 이긴 것이다.
피해는 컸지만 당장은 승리의 달콤함이 더욱 컸다.
하지만 모두가 승리의 달콤함을 맛보고 있는 건 아니었다.

불타르, 특히 오가르는 이겼음에도 표정이 펴질 줄 몰랐다. 대족장의 앞에서 묵념한 채 주먹을 꽉 쥐고 있을 뿐이었다.

'대족장이 죽었군.'

바스트로에게 결정타를 맞고 결국 살아나지 못한 듯싶었다.

그 천하의 오가르조차 침묵할 정도라니.

무영은 대족장과 접점도 많지 않았지만 소중한 사람을 잃는 슬픔이 무엇인지도 사실 잘 모른다.

그래서 오가르의 슬픔에 동조해 줄 수 없었다. 감정이입조차 불가했다.

하지만 오가르는 마계에서 생자 중 무영과 가장 가까운 이였다.

하여 무영은 제안했다.

"내겐 죽은 자를 살릴 수 있는 힘이 있다."

"언데드로…… 말이냐?"

오가르가 반응했다.

무영이 긍정하자 오가르가 몸을 부들부들 떨었다.

"무영, 부디 농담이길 바란다. 대족장께서도, 이곳에서 죽은 모든 불타르도 언데드로 살아나길 바라진 않을 테니."

단호했다.

만약 이 말을 꺼낸 게 무영이 아니었다면 당장 창으로 찔러 죽였을 기세다.

'슬픔이라.'

무영은 한쪽에서 악마병을 우적우적 씹고 있는 킹 뮤턴트를 바라봤다.

킹 뮤턴트의 주재료는 살수다.

웡 청린에 의해 키워진 살수림의 살수들.

과거 그들은 무영의 동료였다. 그래서 복수자들로 되살려냈다.

하지만 그사이에는 어떠한 슬픔도 아련함도 없었다.

그토록 가까운 자라면 다시 살려내고 싶은 마음도 분명 있을 것이다.

비록 그게 언데드일지라도 말이다.

하나 무영은 한 발자국 물러났다.

자신이 갖고 있는 상식이나 관념이 평범하지 않다는 건 알고 있었다.

40년을 꼭두각시로 살아왔는데 평범할 리가.

'생자와 죽은 자의 중심에 선다. 어렵겠지만 이 또한 성장의 디딤돌이 될 터.'

그러니 어그러진 균형 감각을 키워야 했다.

그 균형만 맞출 수 있다면 더욱 '절대자'에 가까워질 것이다.

〈전투가 종료되었습니다.〉

〈전투에서 가장 큰 공적을 차지했습니다.〉

〈히스토리에 '악마 공작과의 사투'가 추가되었습니다.〉

〈추산 결과 '불가능' 판정을 내립니다.〉

〈한계를 벗어나 시련을 돌파한 자여! 그대의 무용에 이면의 주인들이 매우 만족합니다.〉

〈이면의 주인들이 심사를 시작합니다.〉

이윽고 전투가 끝났음을 알리는 알림판과 같은 글귀가 떠올랐다.

무영은 가만히 그 글귀에 집중했다.

불가능 업적.

현재 무영의 기준으로 도달하기 '불가'하단 판정이 내려지면 얻을 수 있는 업적이다.

그리고 공작을 비롯한 여섯 악마와의 싸움은 무영이 해나가기 어려운 것이었다.

대족장과 불타르들의 도움이 있었대도 마찬가지다.

전투 도중 몇 번이나 상황이 역전되지 않았던가.

〈'12궁도의 별'이 사용자를 선택했습니다.〉

〈'황소자리 투구'를 선물했습니다.〉

〈'쌍둥이의 망토'를 선물했습니다.〉

업적이 난이도가 감안되었는지 저번과는 달리 두 개를 동시에 선물로 내렸다.

무영은 고개를 주억이며 허공에 생성된 두 가지를 바라봤다.

명칭: 황소자리 투구

등급: A+++

분류: 장착형

내구: 100,000

효과: 12궁도의 별 중 하나. 황소자리에 놓인 투구.

* 마법 저항 +100

* **황소의 온후함**(풍요의 상징. 사용자의 영역에 대한 성장률이 크게 오른다.)

* 빠른 돌진 가능

** 12궁도의 별 중 3개를 모을 시 모든 능력치 +30

** 12궁도의 별 중 6개를 모을 시 A랭크 이하 스킬 무시

** 12궁도의 별 중 12개를 모을 시 '12궁도의 왕' 전승

가장 먼저 황소자리 투구.

양자리 허리띠에 이은 두 번째 세트 무구였다.

게다가 황소자리 투구는 영역 장비였다.

소유한 영역에 좋은 혜택을 주는 이런 무구는, 보통 길드나 세가의 주인이나 착용하게 마련이었고 그럴 수밖에 없을 정도로 드물었다.

'아주 좋군.'

안 그래도 이번에 입은 피해를 복구하려면 오랜 시간이 걸릴 터였다.

그 시간을 대폭 줄여줄 수 있는 게 바로 영역 무구다.

다음으로 망토를 바라봤다.

명칭: 쌍둥이의 망토

등급: A+++

분류: 장착형

내구: 80,000

효과: 12궁도의 별 중 하나. 쌍둥이자리에 놓인 망토.

* 민첩 +50

* 두 개의 항체(독과 병에 대한 면역)

* 둘의 성장(한 명을 지정해 성장률을 크게 높인다.)

** 12궁도의 별 중 3개를 모을 시 모든 능력치+30

** 12궁도의 별 중 6개를 모을 시 A랭크 이하 스킬 무시

** 12궁도의 별 중 12개를 모을 시 '12궁도의 왕' 전승

독과 병에 대한 면역 효과!

혹시 모를 저주에 대비하긴 안성맞춤이었다.

이로써 3개의 세트 무구가 모여 추가 효과를 받을 수 있었다. 미치광이 군주 세트 중 하나를 잃었대도 얻은 것이 훨씬 컸다.

하나를 잃고 두 개를 얻었다.

'이제 남은 건…….'

무영은 손에 쥔 결정을 바라봤다.

악마의 힘이 한데 뭉쳐 결정화된 것.

공작 바스트로의 결정화라면. 무영이 본 그 힘이라면 누구라도 탐할 수준이었다.

무영은 승리의 여운을 맛보기 전에 먼저 구슬을 꿀꺽 삼켰다.

부르르르!

동시에 전신이 미친 듯이 떨려댔다.

전신에서 핏줄이 튀어나왔다.

허공에 몸이 떠올랐다.

"크아아아악!"

〈'검은 혼의 결정화'를 삼켰습니다.〉

〈모든 순수 능력치가 15씩 상승합니다.〉

〈'혼의 꼬리' 스킬을 습득했습니다.〉

〈악마의 결정화를 과도하게 섭취했습니다.〉

〈악성향이 300 상승합니다.〉

〈'악마의 부름'이 반응합니다.〉

이어서 무영의 품에서 까만색의 책 한 권이 떠올랐다.

지하 투기장에서 얻은 물건.

중급 악마가 필사적으로 찾고 있던 것!

고위 악마의 힘이 있어야만 비밀을 풀 수 있는 책이 지금 무영에게 반응하고 있었다.

이윽고.

〈'그레모리'와 연결되었습니다.〉

거대한 사원.

한 여인이 호수의 중심부에 떠올라 있었다.

살랑이는 새하얀 원피스를 입고 있는 그녀는 이 세상의 아름다움이라곤 믿기지 않을 정도의 극한의 미(美)를 자랑하고 있었다.

세상 어느 누구건 그녀를 본다면 첫눈에 반하리라.

신조차 아우를 외모이건만 지금은 왜인지 얼굴에서 다급함이 묻어났다.

"우리와 뜻을 함께하던 '바퓰라'의 소멸이 확인되었습니다."

호수 주변을 둘러싼 수백만의 악마가 요동쳤다.

그녀를 따르는 26명의 마왕도 마찬가지였다.

"60좌의 바퓰라 님 말씀이십니까?"

"오, 세상에……."

"붉은 달이 떠 있는데도 찬성파에서 활동을 하고 있단 말입니까?"

마신이 소멸됐다.

이는 결코 간과할 수 없는 일이었다.

게다가 바퓰라라면 그녀, 그레모리와 함께 반대파의 선두에 있던 자였다.

마계의 악마를 제외한 모든 생명체를 말살하는 계획.

더불어 한 행성의 인과율을 뒤집고 박살내는 일.

그를 가지고 찬성파와 반대파가 첨예하게 대립하는 중이었다.

바퓰라는 비록 전투적이진 않았지만 명백히 마신이었다.

마신의 힘은 단순한 계산이 통용되지 않는다.

하나, 소멸은 확실했다.

그레모리의 눈이 잘게 떨렸다.

"서둘러야 합니다. 이대로 있다간 이 사원의 결계가 무너지는 것도 순식간이겠지요. 우리는 힘을 모을 필요가 있습니다."

"차라리 중도파와 손을 잡는 게 어떠실는지요?"

"단탈리온이 그들과 함께하는 한 그런 일을 벌일 순 없습니다. 그 거짓의 귀재…… 뒤에서 무슨 일을 할지 모르는 작자와 함께했다간 일을 크게 그르칠 수 있으니 말이에요."

26명의 마왕은 동시에 수긍했다.

단탈리온. 거짓의 귀재.

중도파는 그와 함께하고 있었다.

절대로 함께해서는 안 되는 가장 위험한 자다.

그레모리가 입술을 깨물며 이어서 말했다.

"무너진 균열을 바로잡아야 합니다. 반대파가 힘을 합치려면 그 수밖에 없어요."

"가능하겠습니까? 찬성파가 가만히 두고 보지 않을 것이고 잘못했다간 위치가 그대로 발각⋯⋯."

"그대들이 힘써줘야겠습니다. 균열의 파편을 모아야 합니다."

그레모리가 한 마왕의 말을 끊고 입을 열었다.

선택의 기로. 붉은 달의 기간이 끝나기 전에 선수를 치고 움직일 계획이다.

현재 반대파는 모두가 흩어져 있었다.

본래 마신은 자신만의 고유 영역을 가지게 마련이고 그 자리에서 떠나지 못한다.

단 하나, 제1좌의 마신 바알을 제외하고.

말하자면 고유 영역이 있기에 신의 힘을 발휘할 수 있는 것이었다.

고유 영역을 벗어나 힘을 발휘하려면 다른 조치가 필요한데 바로 균열을 틀어서 외부의 공간을 연결시켜 버리는 것이다.

하지만 바알이 이 균열을 흔들어 혼륜하게 만들어 버렸다.

반대파와 연결되어 있던 균열이 틀어지며 그들은 각개전투를 행할 수밖에 없게 된 것이었다.

이 균열을 다시 바로잡으려거든 흩어진 '균열의 파편'이 필요했다.

그리고 파편은 외부로 나가야만 구할 수 있었다.

마왕들이 이 영역을 빠져나가는 순간 위치가 발각될 가능성이 분명히 있지만, 달리 방법이 없었다.

'힘의 결집을 위해서 위험을 감수하는 건 어쩔 수 없어.'

반대파는 현재 궁지에 몰려 있었다.

모여 있다면 이야기가 다르지만 모두 흩어진 이상에야 달리 방도가 없다.

이대로는 각개전투를 하다가 패배하거나 다른 마신에게 흡수될 것이다.

바알의 방해만 없었다면 해볼 만한 일이건만.

마신의 대표격인 제1좌의 위신에 안 맞게 수작을 부렸다.

그레모리는 아미를 찌푸렸다.

동시에 그녀의 이마에서 거대한 산양의 뿔이 돋아났다.

뿔은 그레모리가 가진 힘의 상징이자 일종의 탐색기였다.

주변의 위험을 감지하거나 모든 삼라만상을 읽어 들일 수 있는 탐색기.

최대한 안전한 장소에 문을 열기 위함이었다.

그러나 그 뿔을 전개함과 동시에 그레모리의 표정이 더욱 심각해졌다.

"……당신은 누군가요?"

부드러운 목소리가 무영의 귓가를 간질였다.

단순한 '소리'에 불과한데도 이성을 잡아끄는 묘한 마력을 가지고 있었다.

조금만 방심하면 그대로 홀려 버릴 것만 같았다.

그리고 현재 무영은 어두운 공간 속에서 그저 듣고 있을 따름이었다.

'심상 세계.'

검은 공간이 무영의 심상이다.

한마디로 이 대화는 텔레파시와 같았다.

무영은 자신이 어째서 심상 세계로 왔는지 놀랄 수밖에 없었다.

악마의 부름.

특정 악마와 연결되어 연락할 수 있는 책이었단 말인가?

'그레모리.'

곧 무영은 자신과 연결된 상대가 누구인지 깨달았다.

분명히 '그레모리와 연결됐다'라는 문구가 떠올랐다.

26개의 마왕군단을 이끄는 56좌의 마신!

그저 목소리만 가지고 무영의 이성을 뒤흔들 수 있는 존재가 또 있을 리 만무했다.

또한 무영은 그녀와 뗄 수 없는 인연이 있었다.

'27군단의 마왕'이 될 수 있는 자격과 무기 비탄이 모두 그레모리와 연관이 있었던 것이다.

하지만 지금 이 순간에 연락이 닿을 줄은 몰랐다.

"나는 무영이다. 너는 정말 그레모리인가?"

묻지 않을 수 없었다.

비록 감흥 없는 말투일지라도 무영도 조금은 당황하는 중이었다.

전투가 끝나고 보상을 확인하고 있었는데 느닷없이 그레모리와 연결된 것이니……

그레모리가 잠시 시간을 두고 답했다.

"맞습니다. 그런데 이상하군요. 보이진 않지만 당신에게서 저의 축복이 느껴집니다."

당연한 일이었다.

푸른 사원에서 다윗의 별을 발견한 순간부터 무영의 노선은 어느 정도 정해졌다.

그 다윗의 별의 주인이 바로 그레모리다.

축복이라 느껴도 이상할 게 없었다.

스릉!

무영이 비탄을 뽑았다.

그러자 검이 더욱 우렁차게 울어대며 스스로의 존재를 알렸다.

"내가 27군단을 이끌 마왕의 자격을 갖추고 있어서 그런 모양이군."

"27군단······? 아!"

그레모리의 놀란 목소리가 사방에 퍼졌다.

그녀는 마신이고 말의 진위를 가려내는 것쯤은 일도 아니다.

좌아아악!

곧 검은 공간이 찢어졌다.

마치 가죽이 찢기는 소리를 내면서 여러 개의 손이 튀어나왔다.

그레모리의 심상이 무영의 심상을 뚫고 나온 것이었다.

대면하고 있는 것도 아니고 거리가 수없이 떨어져 있음에도 그저 말 몇 마디 나눈 걸로 심상 세계에 영향을 끼친다.

'피할 수 없다.'

하지만 빠르다.

곧이어 수많은 손이 무영을 감쌌다.

꽝!

그러나 손들은 무영에게 닿지 못했다.

빛의 장막이 세워지며 수많은 손을 튕겨낸 것이다.

뾰롱!

아름과 요람의 정령이 무영의 머리 위에서 길길이 날뛰었다. 겉모습은 빛의 덩어리에 불과했지만 그 역시 고대의 정령이다.

이제 막 태어났음에도 뒤섞인 공포에게 영향을 끼칠 수 있었던 위대한 존재.

왜 이곳에 함께하게 된 것인지는 모르겠지만 심상 속에선 원래의 힘을 발휘할 수 있는 모양이었다.

"무슨 짓이지?"

"태고의 정령……과 계약을 했군요. 미안해요. 하지만 나는 확인해야 합니다. 당신이 정말 제가 기다리던 이가 맞는지."

그레모리의 목소리엔 절박함이 느껴졌다.

그리고 무영은 새삼 놀라고 말았다.

'마신이 사과라니.'

생전에 단 한 번도 들어본 적이 없었다.

인류를 침범한 마신은 그저 악의 결정체였고 그들은 아무 말 없이 침략을 행할 뿐이었다.

그들이 지나가는 곳엔 파멸만이 남았다.

사과?

그 비슷한 것도 들어보지 못했다.

한데 56좌의 마신에게 직접 미안하단 말을 들었으니 어찌 놀라지 않을 수 있겠는가.

물론 그렇다 하더라도 갑작스럽게 심상을 침범한 건 엄연한 사실.

불쾌한 기분이 드는 것도 어쩔 수 없었다.

"정말로 27군단의 마왕이 되겠다면 부탁하건대 제 손길을 마다하지 마세요."

무영은 고민했다.

그레모리쯤 되는 마신이 매달리듯 부탁해야 할 일이 무엇인지 고심해 보았다.

하고자 하면 그냥 행하면 되는 것 아닌지.

무영은 빛의 장막 건너편에서 서성이는 수많은 손을 바라봤다.

'유일한 여성의 상이라고 했는데 괴물이었나 보군.'

72명의 마신 중 유일한 여성이며 인간에게 우호적인 태도를 갖고 있다는 이야기가 있었다.

그 미모는 모든 신을 홀릴 정도라고 하였으나 저 수많은 손을 '제 손길'이라 표현한 걸 보면 역시 소문이 과장되어 있는 모양이었다.

어쨌거나 아무리 아름과 요람의 정령이 막아서고 있대도 그레모리가 본심을 발휘하면 그조차 여의치 않을 것이었다.

'어차피 거쳐야 하는 확인 절차라면······.'

27군단의 마왕 스킬로 말미암아 한 번쯤은 거쳐야 하는 검증 과정.

매도 먼저 맞는 게 낫다고 했던가?

뾰롱! 뾰롱!

무영은 아직도 머리 위에서 성을 내고 있는 아름과 요람의 정령을 진정시켰다.

손을 가져가 대충 쓰다듬자 길길이 날뛰던 녀석이 조금씩 수그러들었다.

굳이 말을 하지 않아도 뜻이 전달된 모양이었다.

스스슥.

곧 수많은 손이 무영을 감쌌다.

기분이 그다지 좋지는 않았지만 손길은 굉장히 부드러웠다.

그저 스치는 것뿐임에도 정신이 흔들릴 정도였다.

무영에게 이만한 영향을 끼칠 수준이라면 다른 이들은 안 봐도 뻔하다.

'마성. 하지만 그레모리는 인간이 아니다.'

무영의 머릿속에서 그레모리는 이미 인간을 한참 벗어난 외형을 갖고 있었다.

수많은 손이 달린 괴물인 점을 상기하자 조금은 마성에서 부터 벗어날 수 있었다.

잠시 후 확인 절차를 끝냈는지 손들이 멀어져 갔다.

"정말 저의 축복자가 맞군요."

"거짓인 줄 알았나?"

"솔직히 그랬습니다. 하지만 아닌 걸 확인했으니 결례를 용서해 주세요."

마신은 '악'이다. 누구나 인정하는 사실이다.

그들은 악에서 태어나 악을 먹고 자란 악의 화신이다.

하지만 그레모리가 전해 주는 느낌은 분명히 달랐다.

"특이한 마신이로군."

"저는 저의 '악'을 숨겨두고 있을 뿐이에요. 제 실체는 누구보다 악하답니다. 그러나…… 지금부터 얘기할 건 그보다 중요한 이야기입니다."

전할 이야기가 있는 듯싶었다.

무영은 잠자코 들었다.

그러자 그레모리가 이어서 말했다.

"균열의 파편이란 물건을 아십니까?"

"들어본 적 있다."

과거 마신들이 침략할 때 사용한 물건이 그것이었다.

느닷없이 하늘에 균열이 생기며 대도시와 푸른 사원을 공격했던 일은 지금도 머리에 선명히 남아 있었다.

그때 사용한 물건이 바로 균열의 파편이었다.

"부디 균열의 파편을 찾아주세요. 지금 그대가 들고 있는 '비탄'이 길을 알려줄 거예요."

"비탄이?"

"예, 그리고 이 공간이라면 거리가 떨어져 있어도 파편을 제게 보낼 수 있습니다. 세 개의 파편을 찾아준다면 그대를 제 마왕으로 인정할게요. 직접 권능을 내려드리지요."

목소리가 점점 작아졌다.

눈앞의 손들도 원래 있던 장소로 돌아갔다.

그것을 그레모리도 깨달았는지 다급히 말했다.

"시간이 없습니다. 그대가 인류를 지킬 생각이라면 부디 저를 도와주시길. 바알의 계획이 그대로 진행되게 놔둘 순……."

뚝!

곧 정적이 찾아들었다.

전원을 끊어버린 것처럼 갑작스러운 일.

하지만 필요한 이야기는 모두 전해 들었다.

'상황이 여의치 않나보군.'

그레모리의 말을 곱씹으며 상황을 그려봤다.

휘하 마왕군단을 움직이면 무엇이든 찾고 얻을 수 있을 터였다.

하지만 굳이 처음 보는 무영에게 '부탁'하며 일을 진행했다.

상식적으로 있을 수 없는 일이다.

그만큼 그레모리가 궁지에 몰려 있음을 뜻하였다.

'마신들이 파벌 싸움을 벌이고 있다는 예상이 맞았다.'

무영은 확신했다.

마신들은 현재 그들만의 사정 때문에 쉽사리 영역을 벗어나지 못하고 있다.

두 개, 혹은 몇 개의 파벌로 나뉘어 대립하고 있었다.

이 싸움은 앞으로 몇 년은 이어질 것이고 몇 년 안에 결판이 난다.

그리고 그레모리가 포함된 파벌은 패배한다.

'대혼돈이 일어나는 원인이 될 테지.'

지금이 절호의 기회였다.

그들의 틈바구니에 들어가 시간을 끌거나 정적을 제거할.

그러기 위해선 그 균열의 파편이라는 물건을 반드시 구할 필요가 있었다.

그레모리의 파벌이 쉽게 패배하게 둬선 안 된다.

이러한 과거를 바꿀 수 있는 유일한 존재가 무영이었다.

뽀롱. 뽀로롱.

무영은 아름과 요람의 정령을 살살 간질였다.

단순한 고대의 정령이 아니라 그레모리는 '태고의 정령'이란 표현을 썼다.

동시에 놀라며 무영을 대하는 태도가 달라졌다. 덕분에 대화를 부드럽게 진행할 수 있었다.

뿐만 아니라 그레모리는 무영이 원래 인간이었던 것도 한 번에 알아냈다. 인간임을 알았는데도 마왕의 자격을 갖춘 걸 인정했다.

가장 큰 고비가 그 부분이었는데 잘 넘어갔다.

'멈추지 않고 나아가야만 한다.'

고비를 넘겼으니 이제는 달려 나갈 차례였다.

시간이 촉박했다.

남은 시간은 길어야 9년.

그 안에 마신들의 판도 자체를 바꾸거나 깨버려야 했다.

휘이이잉.

머지않아 바람 소리와 함께 심상 세계가 닫히며 무영은 원래의 세계로 돌아갔다.

그레모리가 감았던 눈을 떴다.

사슴과 같이 아름다운 눈썹이 잘게 떨리며 올라갔다.

그 광경을 수많은 악마가 바라보고 있었다.

그래. 그저 바라만 보고 있었다.

그녀에게 닿는 건 누구에게도 허락되지 않은 금기다.

'파편을 흡수한 자들을 상대하는 일. 분명 잔혹한 시련이 되겠지요.'

확인한 바로는 무영의 실력이 만족할 수준에 미치진 않았다. 하지만 무영이 품고 있는 것들에 대해서 그레모리는 기대하고 있었다.

그 존재들이 무엇인지 정확히는 모르지만, 마왕과 비슷하거나 혹은 마왕보다 위에 있는 '격'이 몇 개나 느껴진 탓이다.

즉, 무한한 성장 가능성을 가졌다고 할 수 있었다.

'무영, 나의 축복자여. 앞날에 행운이 깃들기를⋯⋯.'

그레모리는 진심으로 기원했다.

하지만 소리 없는 메아리에 지나지 않았다.

수많은 이가 신에게 기도하며 소망하지만 정작 신들은 누구에게 원하며 갈구한단 말인가.

그 애처로운 모습에 주변 모든 악마의 가슴이 뛰었다.

반드시 지켜야 할 분이라고.

수백, 수천만의 악마 모두가 목숨을 바쳐서라도 그레모리를 지킬 준비가 되어 있었다.

그만큼 그녀는 고귀하고 아름다운 존재이기에.

전쟁은 대승이었다.

그러나 승리의 이면엔 수많은 시체가 남았다.

"품의 나무 근처에 안치하는 걸 허락하마."

오가르가 말했다.

품의 나무 근처에 묻히는 건 진정한 전사만이 누릴 수 있는 특혜다. 그것을 이번 전쟁에 참여한 모두에게 부여한다는 것이다.

가장 먼저 대족장이 묻혔고 그 뒤를 다른 이들이 따랐다.

"무영, 왕이란 무엇이냐?"

늦은 저녁.

하늘에 뜬 달을 바라보며 오가르가 불현듯 말을 걸었다.

무영은 굳이 답하지 않았다.

그러자 오가르가 계속해서 입을 열었다.

스스로 다짐하듯이.

"나는 불타르의 왕국을 세울 것이다. 대족장께선 항상 더욱 넓은 세상을 바라보라고 내게 가르치셨지."

"할 수 있을 것이다."

오가르는 충분히 그런 자질을 지녔다.

왕이 무엇인지에 대한 물음은 왕이 되고 나서 생각해도 충분하다.

오가르가 무영을 빠히 쳐다봤다.

그러곤 말했다.

"나와 형제의 잔을 나누지 않겠느냐?"

형제의 잔이라.

한 번도 생각해 본 적 없는 일이다.

하지만 오가르와 친분을 맺어서 나쁠 건 없었다.

무영이 고개를 끄덕이자 오가르가 크게 웃었다.

"하하! 좋다. 앞으로 무영, 너와 나는 피보다 더욱 진한 연을 맺게 되는 것이다. 형제란 무릇 서로를 도와야 함이지. 위치가 달라지더라도 이 연은 절대 흔들리지 않으리라."

혈육보다 가까웠던 대족장이 죽었기 때문일까.

평소보다 더욱 감성적이었다.

오가르가 주먹을 꽉 쥐었다.

이윽고 술통의 뚜껑을 열고 귤을 짜내듯 피를 쏟았다.

무영도 같은 행동을 반복했다.

"이제부터 우린 형제다."

술통을 나누고 한 번에 들이켰다. 그러자 오가르는 간에 기별도 안 간다는 듯 입맛을 다셨다. 술통이라 해봤자 오가르의 덩치에 비하면 얼마 안 됐던 탓이다.

무영은 피식 웃었다.

새로운 인연.

형제라.

나쁘지 않은 울림이었다.

31장
지옥마

붉은 밤은 여전히 하늘 위를 석권하고 있었다.

핏빛과 같은 선명한 색.

그리고 그 향기마저 뿜어내는 듯했다.

무영은 드워프들로 말미암아 성을 재건하고 다음 악마들을 기다렸다.

'운이 좋았다.'

바스트로의 경우는 오히려 운이 좋다고 할 수 있었다.

다짜고짜 무영을 공격하지 않아서 대비할 시간이 충분했던 것이다.

하지만 계속해서 운이 좋을 수는 없었다.

"혼의 꼬리."

다만, 무영은 바스트로를 퇴치하며 큰 성장을 이뤘다.

몇 개의 스킬과 본인의 능력치 자체도 가파르게 상승했다. 상급 악마 하나둘 정도로는 무영을 어찌하지 못할 수준이었다.

그리고 바스트로의 권능이었던 분신술 비슷한 것. 그 흉내를 낼 수 있게 되었다.

혼의 꼬리는 무영과 똑같은 분신을 하나 만들어냈다.

바스트로처럼 여섯 체를 만들어 조정하진 못하지만 그 분신은 무영의 힘을 절반가량 담아내고 있었다.

'B랭크로도 어림없군. 아니면 다른 부족한 게 있는 건지.'

내심 고개를 저었다.

이후 스킬에 대한 설명을 되새겨 보았다.

명칭: 혼의 꼬리

등급: B

효과: 사용자와 똑같은 분신을 만들어낸다. 분신은 조건에 따라 사용자의 힘을 담아낼 수 있다.

　* 하나의 분신만 소환 가능.

　* 사용자를 63% 흉내 냄.

　* 지속 시간은 사용자의 지혜와 지능에 비례(현재 7,850초).

　** S랭크에 도달 시 '혼의 꼬리'가 '혼의 재활'로 진화한다.

　** 능력 발휘에 대한 특수 조건이 이뤄지지 않음.

S랭크와 특수 조건.

두 가지 모두 요원한 일이었다.

현재 무영이 가진 스킬 중 제일 랭크가 높은 건 '소드마스터'로 A등급이었다.

A와 S의 간극은 고작 한 단계라 치부할 수 없었으니 특수조건이 무엇인지에 대해서 골몰하는 편이 빠를 듯싶었다.

"잡종이 따로 없군. 네놈에게선 참 여러 가지 냄새가 나는구나."

기사 계급의 악마 한 명이 이죽거렸다.

바스트로가 죽고 7일에 한 번 꼴로 이처럼 악마가 주변을 배회했다. 대부분이 상급 이하였지만 간혹 이처럼 준남작이나 남작위에 해당하는 귀족 악마가 홀로 돌아다녔다.

무영은 굳이 그런 악마들을 일일이 찾아가 사냥을 시도하는 중이었다.

"그래서 더욱 맛있어 보인다. 마치 우리들의 진미가 되고자 몸을 변형시킨 것 같군."

악마가 입맛을 다셨다. 순혈보단 잡종이 더욱 맛있는 법이라고 하였다.

피이잉!

날카로운 손톱이 튀어나오며 악마가 땅을 박찼다.

그러나 무영은 팔짱을 낀 채 이 싸움을 분신에게 양보했다.

머리부터 발끝까지, 심지어 입고 있는 무장마저 같았지만 저 모든 성능의 합이 무영의 본신에 비하면 63%뿐이 되지 않는다.

'평범한 스킬은 아니지.'

S랭크의 무구마저 그대로 가져올 수준이다.

성능에 차이와 지속 시간이 있다지만 이는 대단한 일이었다. 시크릿 클래스의 주력 스킬은 되어야 일으킬 수 있는 기적과도 같았다.

그만큼 권능의 스킬화가 평범함을 넘어섰다는 것이겠지만……

"흐흐! 생쥐처럼 숨어만 있구나. 기다려라. 곧 내 이빨이 네 목덜미에 박힐 터이니!"

준남작. 기사로 분류되는 악마라서 그런지 머리는 좀 부족한 것 같았다.

하지만 움직임은 발군이었다.

비탄을 든 분신이 조금씩 밀리고 있었다.

하지만 쉽게 밀리지도 않았다.

63%라고 하더라도 그 수준이 거의 바스트로와 싸우기 전 무영과 비슷하기 때문이다.

무영은 분신을 조정하며 상태창 시계를 돌려보았다.

칭호->

어둠과 심연(모든 능력치 +10)

전승 효과->

아홉 개의 전승 효과가 있습니다.

직업 효과→〉

데스 로드(Lord class, 죽음의 지배자)

킹슬레이어(Lord class, 왕 살해자)

능력치→〉

힘 372(229+143)

민첩 393(215+178)

체력 350(191+159)

지능 357(223+134)

지혜 328(224+104)

투기 291(152+139)

마법 저항 429(90+339)

망혼력 259(120+139)

악성향 389(300+89)

종합 레벨 : 355

특이사항 : 투기에 눈을 떴습니다. 3차 각성을 완료했습니다. 삼화취정, 오기조원을 이뤄 순수를 깨달았습니다. 악성향이 매우 높습니다.

[전후 비교]

힘 305 민첩 242 체력 276 지능 266 지혜 247

투기 212 마법 저항 300 망혼력 200

—〉

힘 372 민첩 393 체력 350 지능 357 지혜 328

투기 291 마법 저항 429 망혼력 259 악성향 389

칭호의 자잘한 변화가 있었지만 능력치 부분은 '변혁'이라 부를 수준으로 차이가 컸다.

그중 가장 많은 변화를 보인 게 민첩과 마법 저항이었다.

검일을 소환하며 민첩을 잃었대도 도리어 그것이 전화위복이 되어 민첩 능력치를 더욱 끌어 모은 것이다.

이에 가장 큰 영향을 준 게 12궁도의 장비였다.

또한 종합 레벨 부분이 눈에 띄었다.

어느 기준을 넘으면 레벨을 확인할 수 있다는 이야기는 과거에도 있었다.

순수 능력치와 보조 능력치 등을 모두 더한 값.

'최상급 괴물의 기준이 대략 300이지.'

355면 최상급 5단계의 분류 중 2단계 정도는 된다.

이는 지옥마와 악령 포식자인 타칸을 상대할 수 있는 수준이었다.

인류 10강은 아니더라도 지금의 무영이라면 100강에는 들 수 있었다.

그야말로 10강의 다리 부분까진 따라왔다는 뜻.

고작 1년 만에 이뤄진 걸 감안하면 말도 안 되는 미친 성장 속도였다.

어느 집단에 들어가도 중진의 역할을 맡을 것이고, 중형 집단에선 주인 행세를 해도 부족함이 없을 정도.

최상위 100명 안에 포함되었다는 건 그 정도의 파괴력을 지니고 있었다.

물론 단순 수치상의 이야기다.

결을 보고 가속을 사용하면 그 이상의 힘을 발휘하는 게 무영이었다.

그리고 종합 레벨 500 정도를 초월종의 기준으로 보는데 암흑룡 바르사도 그 수준엔 한참 부족했다.

기껏해야 최상급 3.5단계 즈음.

어쨌거나, 무영은 잡념을 지웠다.

분신에게 변경된 부분이 있는 것 같진 않았다.

'분신의 성장 여부. 일단 싸움은 아니다.'

벌써 몇 차례나 분신으로만 싸움에 임했다.

그러나 분신의 상태는 전혀 달라지는 게 없었다.

"고작 이따위 분신으론 시간 때우기밖에 안 되느니!"

'성장에 기여하는 다른 특수 조건이 있는 모양이군.'

"장난은 여기까지다! 크하하하! 공포에 떨어라!"

'그러고 보니 바스트로의 분신은 조금씩 차이가 있었지.'

"네놈의 내장을 뜯어먹는 모습을 상상하는 것만으로도 벅차오르는구나!"

"시끄럽다."

"……!"

눈 깜빡할 사이였다.

어느덧 악마의 지척까지 다가간 무영이 발차기를 날렸다.

뻥! 하고 터지는 소리와 함께 날아간 악마가 그대로 바닥을 뒹굴었다.

악마는 한참이나 날아간 뒤에야 겨우 정신을 차렸다.

"블링크?"

악마가 어안이 벙벙한 표정을 지어 보였다.

다가오는 걸 전혀 인식하지 못했기 때문이다.

어느덧 무영의 머리 위엔 세 개의 뿔이 솟아 있었다.

그렇다. 단순히 내적인 변화만 생긴 게 아니다.

두 개에서 세 개로 뿔이 늘어나고 느려진 세계를 더욱 잘 다룰 수 있게 되었다.

3차 각성을 이룸과 동시에 배수 또한 늘어났다.

그 속도, 8배속.

대신 지속 시간은 30초로 줄어들었다.

그러나 400에 가까운 민첩을 8배로 돌리는 것이다.

단순 계산으로 말하는 건 어불성설이지만 적어도 30초는 '초월종'에 근접하거나 도리어 능가한다고 할 수 있었다.

뿐만 아니라 악마의 날개마저 돋아났다.

악성향의 영향일까.

이제는 도깨비라고도, 악마라고도 부르기도 모호한 모습이었다.

준남작의 악마 따위가 반응을 하는 것도 말이 안 되는 일.

순간적으로 짧은 거리를 이동하는 마법인 블링크라고 착각해도 이상할 건 없었다.

"약간 부담이 오는군."

다시금 악마의 근처로 이동한 무영이 혼잣말을 중얼거렸다.

빨라진 대신 몸이 버텨내질 못한다.

'체력을 더 올려야겠어.'

체력은 몸의 내구와도 관련이 깊다.

지금 상태로 30초 이상 무리하게 사용했다간 전신이 갈가리 찢겨나갈 터.

빠앙-!

다시 한번 악마가 땅을 굴렀다.

단칼에 끝낼 수도 있지만 몸의 한계치를 조금 더 알아보기 위함이다.

쿨럭!

피를 토하며 일어난 악마가 당황하여 말했다.

"마, 마법을 쓰는 기색은 전혀 없었거늘!"

그러나 괜히 기사가 아니라는 듯 금방 냉정해지며 양손을 모았다.

손에서 푸른색의 독이 퍼져 나가기 시작했다.

독의 안개였다.

땅이 녹고 주변 공기가 순식간에 오염되었다.

감히 극독이라 칭할 만하다.

"묘한 수를 사용해도 소용없다. 이 독무는 닿는 모든 걸 녹이지! 블링크를 잘못 사용했다간 독무에 그대로……."

파아아앙!

무영이 있는 힘껏 주먹을 내뻗었다.

단지 그것뿐임에도 공기가 거세게 튕겼다.

태풍과도 같이 바람이 불며 독의 안개를 날려 버렸다.

쌍둥이 망토의 효과로 독에 대한 면역을 갖고 있지만 시야가 거슬렸던 탓이다.

악마가 눈을 부릅떴다.

"이런 말도 안 되는 일이……. 네, 네놈이 마왕급이라도 된다는 말이냐? 하, 하지만 너와 같은 마왕이 있단 말은!"

쩌저저적!

얼었다.

악마의 전신이 순식간에 냉동되었다.

무영의 손이 악마의 목을 틀어쥐었고 그 순간 전투는 끝난 것과 진배없었다.

팅!

떼구르르.

이윽고 재가 되어 흩날리는 악마의 중심에서 녹색 구슬이 떨어졌다.

무영은 고민 없이 그 구슬을 삼켰다.

〈'독의 결정화'를 삼켰습니다.〉
〈체력이 1 향상됩니다.〉
〈악성향이 2 증가합니다.〉
〈'독무' 스킬이 각인되었습니다.〉
〈'독무' 스킬이 사용자의 축복에 의해 'B'랭크로 격상됩니다.〉

결정화를 먹을수록 급이 낮은 것은 능력치 향상이 더욱 적어졌다.

하지만 그래도 없는 것보단 낫다.

무영은 어깨를 으쓱하며 분신을 지웠다.

'다른 조건을 찾아봐야겠군.'

혼의 꼬리에 숨겨진 무언가가 더 있으리라.

거의 최종점이라 할 수 있는 공작 바스트로의 권능을 보지 않았던가.

무영은 그를 포기할 생각이 전혀 없었다.

하지만 다른 할 일이 더 있었다.

'그 전에 지옥마와 대결을 펼친다.'

슬슬 시기가 됐다.

지옥마가 호숫가를 배회했다.

그 옆에 도도하게 유니콘이 얼굴이 치켜세우고 있었다.

본래는 공작 바스트로가 다루던 유니콘이다.

하지만 유니콘은 바스트로에 의해 정신 조작을 당하고 있었고 바스트로가 쓰러진 즉시 원래의 도도함을 되찾았다.

그러자 지옥마가 기다렸다는 듯이 달라붙은 것이다.

히히히히힝!

지옥마는 날개를 활짝 펼치며 자신의 힘을 과시했다.

하지만 유니콘은 쳐다도 보지 않았다.

둘은 전혀 반대 성향이었고 유니콘은 정신 조작의 후유증으로 악마와 관계된 모든 걸 경계하는 중이었다. 그럼에도 떠나지 못하고 있는 건 아직 힘을 다 회복하지 못해서다. 유니콘이 힘을 얼추 회복하면 떠날 것을 알기에 지옥마는 더욱 필사적이었다.

히히히히힝!

지옥마는 평생을 킹슬레이어의 밑에 있었다.

당연히 짝이 있을 리 만무하다. 이런 기회가 언제 또 찾아올지 모른다.

우렁차게 목청을 울리며 등을 비비거나 몰래 꼬리를 쳤다.

"우히가 보기에는요. 저런 걸 보고 꼴값이라고 하는 거 같아요."

그때 옆에서 반갑지 않은 손님이 등장했다.

무영. 그리고 요정 우히!

"꼴값을 떠는군."

무영이 지원 사격을 하였다.

그러자 옆에 있던 유니콘이 겁을 먹었다. 바스트로가 어찌 죽었는지 두 눈으로 지켜본 탓이다.

하물며 무영에겐 악의 냄새가 강렬하게 났다.

지옥마가 앞을 막았다.

딴에는 유니콘을 지키려는 행동이었지만 무영은 그 모습에 비웃음을 흘렸다.

여전히 위압적이라 하지만 지옥마에게 이런 면모가 있을 줄이야.

"마지막 부탁을 사용하겠다. 싸워서 패배하는 쪽이 승리하는 쪽에 복종하는 것. 그게 내 마지막 부탁이다."

지옥마가 전신의 털을 곧추세웠다.

이놈이?

이런 느낌으로 가소롭다는 듯 무영을 쳐다봤다.

히이이잉!

승낙의 표시다.

유니콘 앞에서 자신의 멋진 모습을 보여주겠다는 듯이 지옥마가 한 발자국 앞으로 나섰다.

무영은 가볍게 몸을 풀었다.

지옥마와의 싸움은 어쩌면 처음부터 예견되어 있었을지도

모른다.

킹슬레이어가 무영에게 내린 선물이었고 그것을 마음에 안 들어 한 건 선물인 지옥마 쪽이었으므로.

하여 세 번의 부탁만 들어주겠다고 선언했다.

그를 보건대 약속은 지킬 것이다.

다른 수를 사용하지 못하도록 막는 건 무영의 몫.

복종을 시키려거든 이 수밖에 없었다.

히이이잉!

지옥마가 투레질을 했다.

이 싸움의 의미가 유니콘에게 잘 보이는 것이 전부라는 듯 가볍기 짝이 없는 몸짓이었다.

방심, 혹은 오만.

이번 싸움에 걸린 무거움을 지옥마는 잘 모르고 있었다.

우히조차 은근히 감지한 걸 모르니 '꼴값'이란 소리가 절로 나오는 것이고.

스릉!

무영은 비탄을 꺼냈다.

공명음을 들으며 무영이 준비를 끝마쳤다.

우선…….

뿔 한 개가 솟아났다.

무영은 8배속 이내의 시간을 조정할 수 있었고 뿔 하나당 두 배의 배수를 갖는다.

뿔이 하나만 돋을 시 2배의 시간이 감속되었다. 대신 유지 시간이 훨씬 길다. 뿔을 하나만 세울 경우 5분 이상 유지할 수 있었다.

스스슥!

히힝!

어림없다는 듯 지옥마의 날개에서 검은 구가 생성되었다.

지이이이익!

스아아아악!

검은 구가 날아들며 무영의 움직임을 제한했다.

폭발이 일어나지 않고 그 영역 자체를 좀먹어버리는 공격.

가히 작은 블랙홀이라 해도 이상할 게 없다.

순식간에 주변이 엉망으로 되었다. 괴물이 입을 벌려 베어 먹은 모양새로 어지러워졌다.

무영의 뿔이 두 개로 늘어났다.

더욱 빠르게 폭발 지대를 벗어났다.

조금씩 스치긴 했으나 400이 넘는 마법 저항 덕에 별반 타격을 입진 않았다.

마법 저항 400이면 저 공격을 정통으로 맞지 않는 이상 거의 무효화시키는 수준이다.

B랭크 이하의 스킬을 무시하는 '양자리 허리띠'의 효과도 있고.

요컨대 마법을 주로 사용하는 지옥마와 상극의 신체가 되어버린 것이다.

무영은 정면으로 날아오는 검은 구를 비탄으로 정확히 이등분시켰다. 속도와 힘, 저항력 따위가 더해지자 저 블랙홀과 같은 공격도 그냥 베어버릴 수 있었다.

전이라면 상상조차 하지 못할 일.

"자신감이 넘쳤던 것치곤 별거 아니로군."

화르르르륵!

지옥마의 전신에 지옥불이 타올랐다.

분노하지만 그만큼 당황했단 방증이다.

원래 매일 보는 상대의 성장은 잘 느끼지 못하는 법.

지옥마가 처음 무영을 보았을 땐 자신에 비하면 취약하기 그지없었고 성장한들 자신보다 밑이라며 무시하고 있었다.

그런 상대가 자신의 공격을 정면으로 받아친 것이다.

어찌 놀라지 않을 수 있겠는가.

무영은 피식 웃었다.

'역시 강해.'

지옥마와 달리 무영은 처음부터 놈을 예의주시했다.

언젠가는 싸우게 될 상대라고 여겨서 일거수일투족을 살폈다.

단순 무력 수치로 본다면 지옥마는 최상급 2단계를 살짝 웃도는 수준이지만 그 활용도를 살피면 단계를 나누는 게 무의미할 정도다.

'하지만 약점이 있지.'

흥분할수록 강한 불을 뿜어낸다는 것.

그 불은 지옥마의 생명의 원천.

저 불을 제압하는 것이 지옥마를 제압하는 것과 같았다.

쩌저적!

비탄에 얼음 결정이 맺혔다.

이내 비탄의 위로 무수히 많은 얼음송곳이 떠올랐다.

'돌풍의 잔혹함, 독무, 혼의 꼬리.'

강렬한 바람이 불어 얼음송곳이 분출됨과 동시에 주변으로 독의 안개가 일어났다.

그러자 지옥마도 정면대결을 받아주겠다는 듯 그대로 돌진하기 시작했다.

히이이이잉!

지옥불은 모든 걸 태운다. 얼음 따위가 접근하는 걸 지켜볼 리가 없다.

영점 폭발이란 이름이 무색하게 터지지도 못했다.

이에 고개를 끄덕인 무영의 머리에 뿔이 하나 더 솟았다.

이로써 세 개.

'여덟 배.'

느려진다.

홀로 동떨어진 세계에 남겨진 느낌.

그러나 이제는 익숙하다.

허공에 발이 뜬 순간, 무영은 저돌적으로 달렸다. 공기의 저항이 느껴질 정도로 그저 앞만 보고 달렸다.

만물에 결이 있다고 했다.

불은 그 성질이 워낙 급하고 강렬해서 결이 보이지 않는다.

그러나 여덟 배로 느려진 세상 속에선 결을 볼 수 있었다.

'불에도 결이 있을 줄이야.'

4배속까진 몰랐다.

뿔이 세 개가 되고 8배속의 시간을 감속하며 느끼면서 알게 된 사실이었다.

어쩌면, 정말 어쩌면 보이지 않는 공기나 이 거대한 마계 전체를 가르는 '결'이 있을지 모른다.

수백 배의 시간을 감속하는 수준으론 보지 못하는 세계가 있을지도 모른다.

그 상상만으로도 전율이 일었다.

킹슬레이어는 무영에게 말도 안 되는 것을 남기고 갔다.

지옥마의 바로 근접.

먼저 '혼의 꼬리'로 생성된 분신이 무영의 뒤에서 뛰어올랐다.

교묘하게 시야를 가린 탓에 지옥마도 눈치채지 못했다.

분신. 당연히 기운도 비슷할 수밖에 없으니 시야로 직접 확인하지 않고선 구분하기가 어려운 것이다.

분신은 전신에 얼음 결정을 머금고 있었다.

영점 폭발!

분신 자체가 영점이 되어 그대로 지옥마 근처로 다가갔다.

콰아앙!

폭발로 인해 불꽃이 흔들렸다.

그사이 무영의 눈이 빠르게 불길을 꿰뚫었다.

'보였다.'

결.

지옥불에도 결이 있었다.

다른 불길에 가려져 보이지 않았지만 영점 폭발로 흔들리자 무영은 그 결을 분명히 볼 수 있었다.

그렇다면, 더 망설일 이유가 없다.

지옥마가 전신에 다시금 불길을 솟아올리려 했지만 한발 늦었다.

스르르륵.

한 치의 오차도 없는 자연스러운 동작으로 지옥마와 무영이 스쳐 지나갔다.

이윽고 둘은 자리에 우뚝 섰다.

툭!

하지만 먼저 쓰러진 건 지옥마다.

무영은 몸을 돌려 지옥마를 바라보다가 뿔을 지웠다.

지옥마의 불길은 완전히 사그라져 있었다.

'지옥마에겐 생명의 원천과 같지.'

조절할 수 없었다. 그럴 여유를 가지기엔 지옥마가 너무 강했다.

하지만 방법이 없지도 않았다.

무영은 시선을 돌렸다.

부르르르!

무영의 시선을 받은 유니콘이 몸을 떨었다.

"치료해 줄 수 있겠나?"

유니콘은 빛 계열 중 최고로 치는 마수다.

괴물이란 표현보단 성수(聖獸)라고 하는 편이 어울리다.

성자의 힘을 가진 배승민도 있지만 그래도 유니콘에 비하면 부족하다.

하나 유니콘은 몸만 떨 뿐. 움직이지 않았다.

"우히."

"우히히, 낭군님. 우히에게 맡기세요~"

자신감에 가득 찬 목소리.

드디어 자신의 차례가 왔다는 듯 우히가 유니콘에게 쪼르르 날아갔다.

그러곤 몇 마디 대화를 하자 유니콘이 비장미를 띠고 움직이는 게 아닌가.

놀라운 일이었다.

이윽고 유니콘은 정확히 지옥마에게 다가가 볼에 입을 부딪쳤다. 그러자 유니콘의 뿔이 선하게 빛나며 지옥마의 불길을 살려내기 시작했다.

그 뒤로는 일사천리였다.

대략 10분 정도가 흐르고 불길이 온전한 모습을 되찾았다.

히히힝?

지옥마가 눈을 끔뻑거렸다.

지금 상황이 어떻게 돌아가는지 모르는 것 같았다.

그러다가 바로 지척에 있는 유니콘을 보곤 펄쩍 뛰었다.

유니콘은 다시 몸을 돌렸으나 전처럼 매정한 모습은 아니었다.

"까망아, 하양이가 널 살렸어. 앞으로 잘해줘야 돼. 알겠지?"

우히가 은근슬쩍 조언하자 지옥마의 눈이 번뜩였다.

한마디로 기회가 아예 없진 않다는 뜻.

다시금 유니콘에게 치근덕거리기 시작한 것이다.

"지옥마, 약속은 지키리라 믿는다."

지옥마가 무영을 바라보며 한쪽 눈을 감았다.

그게 무엇을 뜻하는지 모를 무영이 아니다.

전투보다 유니콘의 환심을 샀다는 게 놈에겐 더욱 중요한 듯싶었다.

"우웩……."

그 모습을 보고 우히가 속이 메스껍다는 듯 가슴을 부여잡았다.

지옥마는 약속을 지켰다.

그런 부분에 있어선 퍽 믿을 만한 녀석이었다.

머지않아 악마의 긴 밤이 끝났고 그와 동시에 성의 복구도 완료되었다.

〈성이 더욱 견고하게 복원되었습니다.〉

〈영주 랭크가 상승합니다. A → A+〉

〈영지민들의 전체적인 만족도가 상승합니다.〉

〈충성도 A+, 영주에게 복종합니다. 영주를 위해서라면 불길 속에도 뛰어들 준비가 되어 있습니다.〉

〈조화도 A+, 전투를 통해 동지애를 깨우쳤습니다. 종족의 벽이 허물어집니다.〉

〈성장도 A+, 그들은 내외적인 성장을 위해 무엇이든 할 준비가 되어 있습니다.〉

〈만족도 A, 보금자리를 찾아 안정되어 있습니다.〉

〈영지민 수 17,336. 땅의 크기에 비해 영지민의 숫자가 매우 적습니다. 영지민을 늘리려면 출산을 장려할 필요가 있습니다. 관련된 시설 등을 지어 그들의 편의를 봐 주십시오. 혹은 다른 땅을 정복해 영지민을 늘리는 것도 방법입니다.〉

출산 장려라.

확실히 숫자가 많이 줄었다. 식량이 부족한 것도 아니니 시설만 받쳐 준다면 빠르게 숫자를 늘릴 수 있을 것이다.

무영은 관련 시설을 짓고 인원을 배치했다. 조금 더 복지에 힘을 쓰게 된 것이다.

"영주께서 우리를 위해 힘써주신다!"

"아아……. 감사합니다!"

"과연 움이시다. 움께선 누구보다 더한 지혜를 갖추셨지!"

"아움! 아움!"

별것도 아닌 일이다.

그런데 모두가 감동하며 더욱 무영을 우상화했다.

그저 출산율을 늘리고 영지의 힘을 견고히 하기 위함이었거늘.

이런 반응은 예상하지 못했다.

'내 작은 발걸음이 그들에겐 큰 영향을 끼친다.'

일종의 깨달음이었다.

무영은 회귀하기 전을 떠올렸다.

윙 청린은 무영의 자유 의지를 없애고 그저 지배하려고 들었다.

그러나 억압은 결국 깨어지게 되어 있다.

무영은 그의 길을 따라가지 않으리라 다짐했다.

'나는 너와 다르다, 윙 청린.'

살수림의 살주여.

'조금만 더. 너의 목을 꺾어 버릴 날이 멀지 않았다.'

꽈아아악!

무영은 주먹을 으스러지도록 쥐었다.

살수림에서 겪은 일을 잊을 리가 없다.

달려 나가기 바빴기에 최대한 떠올리지 않았을 뿐이다.

하지만 이제는 조금씩 윤곽이 잡혀가고 있었다.

조금만 더. 몇 걸음 남지 않았다.

웡 청린의 목을 당장에라도 손에 쥐고 싶지만 확실한 놈의
몰락을 위해선 숨을 한 차례 들이킬 필요가 있었다.

그래. 숨을 들이키는 과정.

'악마의 긴 밤이 끝났으니 움직여야겠지.'

무영은 바로 다음 계획을 세웠다.

가장 먼저 구해야 할 것은 따로 있었다.

'오리스의 신좌는 그냥 장식품이었지만 하멜의 룬 반지만
찾으면 디아블로스를 얻을 수 있다.'

하멜의 룬 반지!

미치광이 군주의 반지와 오리스의 신좌, 남은 건 그것뿐이
었다.

그 세 개를 구하면 S랭크의 무기를 만들 수 있었다.

정확한 등급은 모르지만 그 이상일 수도 있는 하늘을 가르
고 땅을 부숴 버릴 무기.

그 위용은 충분히 전율스러운 것이었다.

'하지만 하멜의 룬 반지는 마신의 영역에 없다.'

무영은 턱을 쓸었다.

굳이 마지막에 하멜의 룬 반지를 구하려는 이유였다.

마신의 영역에도 없고 그렇다고 시련으로 구할 수 있는 것도 아니었다.

다음 목적지는 마신의 영역이 아닌 장소.

'태양 길드.'

가장 거대한 아홉 길드 중 하나이며 알렉산드로 퀸타르트가 주인으로 있는 곳.

그곳에 침입하여 반지를 구해야만 한다.

누가 착용하고 있을지는 모른다. 항상 주인이 바뀌어 왔으니까.

내부 분열 탓이다.

태양 길드는 가장 격동적인 길드이고 언제나 불화가 끊이질 않았다.

그 와중에도 계속해서 길드를 집권한 알렉산드로가 대단한 것이지만 어쨌든, 그 부분을 잘 파고들면 방법이 생길지도 모른다.

여러모로 무영과는 인연이 많은 곳이니 가슴이 더욱 빠르게 뛰었다.

32장
태양 길드

　대도시.

　푸른 사원과 연결된 모든 생존자의 시작 지점.

　사람들은 푸른 사원에서 한 달을 버티고 이곳에서 적성을 검사받는다.

　이후 낙오되거나, 각기 다른 집단에 흡수되거나, 혹은 죽는 등 서로가 필사적으로 매달리는 지점이기도 하였다.

　수십만의 사람이 모여살 수 있을 정도로 거대하기 짝이 없는 성.

　그것이 대도시였다.

　"저 미친놈, 오늘도 시작이로군."

　"저놈은 용병이야 뭐야? 왜 여기 와서 저래?"

　"쯧쯧, 휘광 길드는 뭐하나 몰라? 저 휘광 표식이 아깝다.

아주 먹칠을 하는 꼴인데…….”

한 남자가 대도시의 구석, 땅굴처럼 지하로 파인 굴속에
용병들이 모여 있었다.

그곳에 한 남자가 출현하자 사람들이 너 나 할 것 없이 혀
를 찼다.

가벼운 플레이트 아머와 부츠 등을 신은 남자는 김태환이
었다.

어깨에 휘광의 표식을 달고 있었는데 김태환은 등장한 즉
시 표지판 하나와 의자 하나를 가져와선 용병들 중심부에 자
리를 잡았다.

이곳은 용병 시장.

일을 구하지 못한 용병들이 직접 일감을 찾고자 뛰어드는
곳이었다.

그곳에서 김태환은 팔짱을 끼고 조용히 눈을 감았다.

[절실하게 도움이 필요하다면 도와드리겠습니다.]

표지판에 적힌 내용은 이게 전부였다.

상태창 시계를 착용하고 있으면 언어는 모두 자동으로 번
역이 되기에 이를 못 알아보는 사람은 없었다.

그리고 내용 자체는 누구도 흠잡을 게 없다.

그래서 실제로 처음엔 김태환에게 도움을 구한 이들이 있

었다. 그중 몇몇은 거절당했고 도움을 받았던 사람은 큰 수확이 없었다.

한마디로 허당!

마계의 복잡한 일을 해결하기에 김태환은 경험이 일천했다.

고작 1년.

마계로 넘어온 지 얼마 안 되었으니 단순히 힘만 세다고 모든 일이 해결되진 않았다.

하지만 김태환은 의욕적이었다. 적어도 모든 일을 허투루 해결하려 들진 않았으니까. 하여 의외로 인기가 많았다.

하루에도 몇 번이나 의뢰가 들어오곤 하였으니.

반대로 용병들은 자신들의 일을 빼앗아 가는 김태환을 눈엣가시로 여겼다.

휘광 길드는 가장 거대한 아홉 길드 중 하나.

그곳에 들어간 신입이 뭐가 안타까워서 용병 시장에 나타난단 말인가. 휘광 길드 내에서도 별난 놈으로 통하고 있을 게 분명했다.

'조급해하지 말자. 내부에서 내게 큰 기대를 거는 사람은 없다. 그럼 철저히 아래에서부터 성장해 나가야지.'

김태환은 오늘도 그런 다짐으로 자리를 지켰다.

휘광 길드는 그 규모만큼이나 인재가 많았다.

김태환 정도면 충분히 눈에 띄는 신입이지만 그렇다고 크게 기대를 거는 사람은 없었다. 이미 기존의 기득권이 모든 걸 주름잡고 있기 때문이다.

어느 정도 보조해 주는 게 전부.

그 외에는 야생이다. 홀로 커야 한다.

김태환은 철저히 밑에서부터 올라갈 생각이었다.

"저놈은 또 뭐야?"

"완전무장을 했네. 저러다가 숨 막혀 죽지."

"보나마나 뜨내기겠지. 이 땅굴에서 겉멋 부리려다 죽는다, 아이야."

용병들의 비웃음 소리가 돌연 주변을 가득 채웠다.

끼익, 끼익 하는 귓가를 거슬리는 소리가 났다.

김태환도 슬쩍 눈을 떴다.

동시에 불가촉천민, 가장 음습하고 더러운 용병 시장……
'땅굴'이라 불리는 이곳에 전혀 어울리지 않는 모습의 남자가 시야에 들어왔다.

완전무장이란 말이 정말 어울린다.

머리끝부터 발끝까지 조합된 장비들.

관찰 계열 스킬을 동원해도 제대로 된 신원을 읽을 수가 없었다. 자신의 상태나 무구들의 정보를 숨기는 법보를 사용한 것이리라.

하지만 준비하고자 하면 그다지 구하는 게 어렵지 않은 법보였다.

공식적으로는 구하기가 힘들지만 이곳 땅굴의 용병들은

비공식적인 루트를 많이 알았다.

하여간, 땅굴에 저 정도 무장을 하고 들어온 용병은 없었다.

툭!

남자는 조용히 벽에 기댔다.

주변 용병들의 시선은 전혀 신경 쓰지 않는다는 듯이.

'저 검은……?'

그러다가 김태환의 시선이 남자의 검에 다다랐다.

왠지 익숙한 검이다. 저 굴곡이나 모습은 어디선가 많이 본 듯했다.

"아……!"

한참이나 고민한 뒤에야 김태환은 깨달을 수 있었다.

비탄. 비탄이다.

무영의 검이었다.

과거 푸른 사원에서 김태환은 무영과 함께했고 무영은 다윗의 별을 찾아 그곳의 시련을 돌파해서 비탄을 얻은 바가 있었다.

김태환 역시 그곳에서 척결의 방패를 얻었고.

'조금 다르군.'

하지만 이내 실망하고 말았다.

전체 윤곽은 비슷하지만 세세한 부분이 달랐다.

김태환은 기억력이 좋은 편이었고 특히 무영과 관련된 것은 쉽게 잊기 어려웠다.

착각할 리는 없었다.

'저래선 오래 못 버틸 테지.'

이내 김태환은 신경을 돌렸다.

이곳, 땅굴은 진정한 야생이다.

눈에 띄면 모두가 합공한다.

김태환이 일부러 가벼운 차림을 한 것도 그런 이유다.

살아남으려거든 적당한 '보호색'을 취할 필요가 있었다.

하지만 남자는 그런 기색이 전혀 없다.

땅굴의 생리를 아예 모르는 듯싶었다.

가장 눈에 잘 띄니 의뢰는 많이 들어오겠지만 땅굴에서 다른 용병의 도움 없이 모든 일을 처리할 순 없었다.

욕심을 부리면 죽을 것이고.

결국 제풀에 떨어져 나가든가 용병들에게 물어뜯길 것이다.

어찌 되었든 좋은 꼴을 보긴 어렵다.

"발렛 길드에서 검술과 방패술 사범으로 세 명 요청했는데. 김태환, 네가 필수라고 한다. 같이 가볼 테냐?"

어느덧 옆으로 다가온 남자 한 명이 김태환에게 말했다.

김태환은 고개를 끄덕였다.

"그러지."

발렛 길드의 주인되는 사람은 아들이 둘 있었다.

그 두 명 모두 슬슬 검술을 배울 나이가 되긴 했다.

그다지 어려운 일이 아니었으니 이참에 동료 용병에게 빚을 지워두는 것도 나쁘지 않았다.

김태환은 허당이란 소리를 들으며 실수도 많이 했지만 그래도 자기 사람들은 착실히 만들어 가고 있었다.

내부의 변혁을 위해선 '자기 사람'이 필요했고 말하자면 이곳은 김태환이 자신의 날개가 되어줄 사람을 찾는 장소였다.

땅굴을 나서기 직전 김태환은 다시 전신무장을 한 남자를 쳐다보다가 고개를 돌렸다.

어차피 오래 버티지 못할 것이다.

반나절.

김태환이 발렛 길드에서 사범의 일을 끝내고 돌아오자 남자는 여전히 벽에 기대어 있었다.

하지만 주변 반응이 묘했다.

몇몇 용병이 남자에게 근접하지 않으려는 게 느껴졌다.

묘한 정적 그리고 긴장감.

땅굴과는 전혀 안 어울리는 분위기였다.

"이봐, 무슨 일 있었나?"

김태환이 땅굴에 계속 있었을 용병에게 물었다.

그러자 용병이 고개를 조심스럽게 끄덕였다.

"저 새끼, 사람 새끼가 아니야."

용병.

그중에서도 땅굴의 용병이라면 악바리로 유명하다.

사람이 아니다란 말은 서로에게 칭찬과 같았다.

하지만, 지금 용병이 말한 '사람 새끼가 아니다'란 말은 그와는 조금 의미가 다른 것 같았다.

"대체 무슨 일이 있었기에?"

고작 반나절이다.

하루가 채 지나지도 않았는데 인식이 바뀌어 있었다.

궁금증이 일 수밖에 없었고, 용병은 그저 침만 꿀꺽 삼켜 댔다.

"시체술사."

"시체술사?"

"그래. 저 새끼, 시체를 다룬다."

아아.

용병들이 바짝 굳은 것도 납득이 되었다.

시체술사는 극명하게 안 좋은 쪽으로 인식이 치우쳐져 있었다.

오대세가는 모두 무율, 야수, 전진, 군림, 그리고 사령세가로 나뉘는데 시체술사들이 주를 이루는 곳은 마지막 사령세가뿐이었다.

그리고 사령세가의 사람들은 악랄하기로 위명이 높다.

시체를 다루며 상급의 시체 조달을 위해선 도덕관념조차 무시해 버리는 곳.

워낙 위세가 대단해서 아무도 건드리지 못할 뿐이다.

이 역시 마계의 썩은 고름 중 하나였다.

"그럼 사령세가의 사람인가?"

"그렇겠지. 시발. 요즘 왜 변방에 자리 잡은 놈들이 하나둘 기어 나오는 거야?"

사령세가는 대도시에 위치하지 않은 집단이다.

이곳에서 말을 타고 50일은 더 가야 하는 장소에 마을을 세우고 그곳에서만 살아가는 폐쇄적인 곳이었다.

한데 요즘 들어 시체술사들이 하나둘 세상으로 나오고 있었다.

그것도 하나같이 실력자들.

저 남자도 그런 경우라는 뜻이다.

땅굴의 용병들조차 꺼려하는 원인으론 충분했다.

'그니까…… 한 명이 죽었군.'

김태환은 주변 정황을 모두 살피다가 고개를 주억였다.

시비가 붙었고 싸움이 일어난 와중 한 명이 죽었다.

그리고 죽은 이가 시체가 되어 움직이기 시작했다.

지금 남자의 주변을 어슬렁대는 생기 없는 자가 바로 그런 모양이었다.

하지만 이곳은 동료의식이 옅다.

복수?

그런 게 있을 리가 없었다.

죽어도 누구 하나 추궁할 이가 없는 자들.

그게 땅굴의 용병이었으므로.

하물며 시체술사인 걸 알았으니 몸을 사리기 바쁠 것이다.

"시기가 뒤숭숭해서 그런지. 에잉, 오늘 일은 접으련다."

용병이 자리를 떴다.

김태환은 남자를 유심히 지켜보다가 턱을 쓸었다.

시체술사라.

'엮여서 좋을 게 없다.'

사령세가의 사람이라면 더욱 그렇다.

김태환 본인이 하고자 하는 대의에 도움이 안 된다.

그렇다면 최대한 엮이지 말자고 그리 다짐하였다.

다음 날.

한 남자가 땅굴을 찾아왔다.

태양 길드의 표식이 어깨에 새겨진 젊은이였다.

"태양 길드 관할의 던전에서 새로운 시련이 발생했다. 참여하는 이에겐 C랭크의 법보를 두 장씩 주마."

"무슨 시련입니까?"

용병 하나가 묻자 남자는 떨떠름하단 표정으로 답했다.

"나도 잘은 모른다. 위험한 일은 아니다. 기껏해야 레벨이 낮은 던전에서 일어난 시련이니. 대충 설명하자면 시련이 위험한지, 아닌지를 탐색하기 위해서라고 하지."

시련의 탐색!

굉장히 복불복의 일이었다.

하지만 수준이 낮은 레벨에서 발생한 시련이라면 남자의 말마따나 별것 아닐 가능성이 훨씬 높았다.

C랭크 법보 두 장이면 적어도 세 달치 식량은 구할 수 있는 재화다.

하루 벌어 하루 사는 용병 입장에선 굉장히 구미가 당기는 조건이었다.

"인원 제한이 있습니까?"

"없다."

그걸로 끝이었다.

땅굴의 모든 용병이 참가했다.

"너는 휘광 길드 소속이 아니냐?"

그러다가 태양 길드의 남자가 김태환에게 물었다.

김태환은 슬쩍 미소만 지어 보일 따름이었다.

"흠, 휘광 길드에 특이한 녀석이 하나 있다더니 그게 네놈인가 보군. 네가 참여한다면 특별히 B랭크 법보 두 장을 챙겨주마."

"그럴 필요 없습니다. 다른 이들과 똑같이 주십시오."

"그래……? 뭐, 나로선 나쁘지 않지."

김태환이 작게 고개를 숙였다.

이후 남자를 따라 땅굴의 모든 용병이 자리를 옮겼다.

던전은 컸다.

태양 길드가 관리하는 던전.

던전 레벨은 1~9까지 있는데 이곳은 그중 3레벨에 해당하는 곳이다.

대충 오크 정도의 괴물들이 출현한다고 보면 쉽다.

"시련은 한 번에 다섯 명씩만 들어갈 수 있다. 차례대로 들어가라."

던전의 중심부.

태양 길드의 병사들이 지키는 와중 거대한 빛의 물결이 흘러나오고 있었다.

그리고 용병들은 선택의 여지없이 다섯 명씩 짝을 이뤄 그 빛의 물결로 발을 들였다.

"재수 옴 붙었군."

"하필이면 시체술사랑 팀이라니."

김태환의 바로 옆에서 불만 가득한 소리가 들려왔다.

'엮이지 않는 게 좋은데…….'

김태환도 내심 한숨을 쉬었다. 최대한 엮이지 않으리라 한 다짐이 고작 며칠 만에 깨진 것이다.

하지만 지금 와서 돌아갈 수도 없는 노릇.

"돌아올 때 필요한 법보는 지급 안 되는 겁니까?"

"어차피 레벨이 낮은 던전의 시련이다. 돌아갈 방법이야 안에도 많을 터. 그래도 원한다면 원래 지급해야 할 법보 하나를 빼고 주겠다."

어느 용병이 묻자 현재 이곳을 총괄하는 관리자가 답했다.

보통 이런 시련을 탐색할 땐 안전을 위해 위치가 저장된 법보를 한 장씩 주게 마련이다.

하지만 기존 보상과 바꿔야 한다는 조건이 달렸다.

"에이, 이런 시련에 굳이 그럴 필요가 있나."

"3레벨 던전의 시련이면 뭐 뻔하지."

당연히 바꾸는 사람은 거의 없었다.

다들 별거 아니라는 듯이 웃으며 시련으로 발걸음을 옮겼다.

그리고 김태환을 비롯한 5인이 빛을 넘자 그와 동시에 세상이 바뀌었다.

〈시련, '살점 사냥개의 방'에 입장하셨습니다.〉

〈한 번에 최대 5인까지 넘어올 수 있습니다.〉

〈살점 사냥개들을 사냥하며 시련의 끝에 도달하십시오.〉

"내용은 별거 없네?"

"그나저나 살점 사냥개는 뭐지?"

"들어본 적이 없는 이름이군."

유사한 이름을 가진 괴물은 몇 있지만 그게 전부였다.

살점 사냥개란 이름을 가진 괴물은 없었다.

"내가 전위에 서지."

그때 김태환이 나섰다.

마계에서 생활한 연차는 얼마 되지 않지만 그는 무려 휘광 길드에 속해 있었다. 또한 땅굴에서 1년간 생활하며 어느 정도 실력을 알렸다.

이곳에서 전위를 맡을 수준은 충분히 되었다.

그를 아는지라 모두 반대하지 않았다.

생존.

미지의 장소에서 생존이란 단어만큼 민감한 것은 용병에게 없었으므로.

"그쪽은…… 이름이 어떻게 되시오?"

용병들의 위치를 적절하게 배치한 뒤, 김태환이 전신에 갑주를 착용한 남자에게 물었다.

남자는 잠시 생각하다가 알아서 가장 후미를 맡았다.

"괜찮겠소?"

후미는 전위와 마찬가지로 위험한 장소다. 아니, 오히려 전위보다 위험할 가능성이 높다.

은신형 괴물은 대부분이 뒤를 노리며 다가오기 때문이다.

하지만 남자는 답하지 않았다.

무언의 긍정.

이 정도면 진짜 벙어리가 아닌가 의심이 될 수준이다.

"문제가 없다면 출발하지."

그러나 정말 사령세가의 사람이라면 굳이 김태환이 신경 쓰지 않아도 될 것이다.

그렇게 5인이 진열을 이뤄 미지의 시련을 나아가기 시작했다.

살점 사냥개의 외견은 흉측하기 그지없었다.

전신의 살이 울긋불긋 튀어나와 있었고, 마치 누군가가 억지로 짜 맞춘 듯 각각의 부위에 꿰맨 자국이 있었다.

'키메라에 가깝군.'

투우웅!

김태환이 든 방패가 크게 떨렸다.

살점 사냥개 한 마리, 한 마리는 별것이 없지만 몰려다니는 숫자가 기본 백 단위였다.

"닝기리! 이 개새끼들이 뒈질라고!"

"크아악! 내 팔!"

용병들은 거친 입담과 함께 무기를 휘둘렀다.

하지만 한 손으로 열 손을 막긴 어려운 법.

간간히 살점 사냥개에게 공격을 허용하기도 하였다.

"내가 막겠다. 모두 뒤로!"

쿵!

김태환의 방패가 땅에 박혔다.

유니크 클래스, 척결의 수호자!

척결의 방패로 말미암아 얻게 된 그 힘을 발휘할 때였다.

좌아아아앙!

방패의 선을 따라 무형의 기운이 일직선으로 퍼졌다.

마치 땅을 가르듯이.

그러자 살점 사냥개들도 그 무형의 선을 넘어서지 못했다.

보이지 않는 벽을 만들어 버린 것이다.

쿵! 쿵!

살점 사냥개들이 몸을 던졌다.

하지만 벽은 결코 깨지지 않았다.

이에 사냥개들이 눈치를 보다가 물러났다.

'지능이 있나?'

그 모습을 보고 김태환이 의외라는 눈초리를 던졌다.

이내 사냥개의 시체만을 남긴 채 텅 빈 공터에 다섯 명이
남았다.

"끄으으……."

"부상을 당했군. 우선 이걸로 버텨라."

압박붕대를 꺼낸 김태환이 빨간 물약과 함께 용병의 팔을
감쌌다.

"지, 집어치워. 그 물약 값 절대로 내어줄 생각 없으니."

하지만 용병이 거부했다.

용병의 세계에선 빌린다는 개념이 희박하다. 주면 그 배에 달하는 물건으로 보상해야 한다. 그리고 물약은 일반의 용병들이 구하긴 매우 값비싼 것이었다.

"다시 돌려달라고 안 한다. 팔 잘리기 싫으면 얌전히 있어라."

"저, 정말이냐?"

"내가 거짓말을 안 한다는 것 정도는 잘 알 텐데?"

"끄응……. 그래. 마음대로 해라, 해."

용병이 포기하자 그다음은 일사천리였다.

하지만 살점 사냥개들이 물러갔대도 안전한 건 아니었다.

"수색은 이만하면 충분한 거 아니야?"

"이럴 줄 알았으면 법보를 받아올 걸 그랬군."

낭패 어린 표정을 지어 보였다.

생각보다 시련의 강도가 세다.

하지만 당장 돌아갈 방법이 없었다.

죽으나 사나 일단 시련을 더 탐색해 볼 수밖에.

두두두두두!

마침 멀리서 무수히 많은 발소리가 들려왔다.

모두가 그 소리가 무엇을 의미하는지 알아차렸다.

"미친! 동료들을 끌고 왔구만!"

"씨발!"

그 숫자가 족히 오륙백은 될듯했다.

반면 이곳에 모인 이들은 고작 다섯!

"모두 뒤로! 출발 지점으로 돌아간다!"

김태환이 부득불 외쳤다.

이윽고 몸을 돌려 뒤로 달리기 시작할 찰나.

스릉.

유일하게 한 남자만이 정면으로 걸어갔다.

검을 뽑자 전신에서 불길이 솟았다.

화르륵!

이내 남자의 몸 주변으로 강렬한 바람이 불어왔다.

불길이 더욱 확산되었고, 그 불길은 순식간에 살점 사냥개들을 잡아먹었다.

촤아악!

뿐만이 아니다.

남자가 검을 한 차례 휘두르자 수십 개의 얼음송곳이 허공에 생성됐다.

쾅! 콰콰쾅!

얼음송곳들이 바닥을 때리자 강렬한 폭발을 일으켰다.

끼깅! 깨개갱!

살점 사냥개들이 비명을 내질렀다.

압도.

그야말로 상대가 안 된다.

"……."

그 모습을, 모두가 넋을 잃고 바라만 보고 있었다.

이후 전위에 서는 순서가 바뀌었다.

남자는 순식간에 모든 길을 알고 있다는 듯 거침없이 움직이며 시련을 돌파했다.

'대체 누구지?'

당연히 모두가 가진 의문이다.

주요 능력치가 못해도 300은 되는 듯싶었다.

그만한 무력이면 거대 길드에서도 정예로 취급받는다.

'사령세가⋯⋯.'

사령세가는 길드는 아니지만 가장 큰 오대세가에 포함되어 있다.

오대세가의 정예라면 이만한 힘을 발휘하는 것도 우습진 않다.

쿵!

쩌적!

결국 시련의 마지막에 배치되어 있었던 구슬 모양의 '핵'을 부수자 시련이 종료되었다.

〈시련, '살점 사냥개의 방'을 훌륭하게 완수했습니다.〉

〈대단한 업적! 시련을 해결한 5인에게 무작위 B급 법보 한 장이 주어집니다.〉

"B급!"

"미친, 정말 B급이라고?"

용병들의 입이 귀에 걸렸다.

B급 법보에다 적당히 쓸 만한 것만 걸리면 외곽에 작은 집을 살 수도 있을 터였다.

B급 중에서도 활용도가 좋은 거면 더 큰 집을 수할 수 있을 테고.

보통 아랫급 다섯 개가 있어야 윗급 하나로 취급해 주니 C급 법보 다섯 장을 받은 것과 진배없었다.

이후 싱글벙글한 채 시련을 벗어나자 관리자가 의외라는 눈빛을 던졌다.

"호오, 시련 자체를 깨버린 건가?"

"운이 좋았습니다."

"아니지. 실력이 뛰어났기 때문이겠지. 흠…… 안에서의 상황을 자세히 설명해 줄 수 있겠는가?"

관리자는 이 부분에 있어서 꽤 관심이 많은 것 같았다.

왜일까?

관리자는 태양 길드 내에서도 제법 직급이 있어 보였다.

한데 이런 시련 하나를 묻자고 직접 용병을 구하며 그 이야기까지 들으려 하는 것이다.

그저 단순한 유흥거리는 아닐 것이었다.

'어찌한다.'

설명을 하려면 필연적으로 저 사령세가의 남자를 밝혀야

한다.

사령세가의 인물에다가 그 힘이 남다른 걸 알게 되면 관리자의 태도가 돌변할 수 있었다.

하나, 도움을 받은 건 사실이니 입이 쉽게 떨어지지 않았다.

"그건 제가 설명해드립지요. 헤헤."

그 순간 용병 하나가 나섰다.

"그래? 한번 해봐라."

"그러니까요. 살점 사냥개의 방이라는 시련이었는데 말입니다. 그곳에서 김태환 이 작자가 엄청난 활약을 한 겁니다. 자세히 얘기해 드리자면……."

용병은 적당히 진실과 거짓을 섞어 남자의 정체를 가렸다.

그 의도를 김태환은 조금 더 시간이 지나서야 알 수 있었다.

'아아.'

남자와 계속해서 팀플레이를 하겠다는 뜻이다.

그들에게 남자는 힘만 세고 세상물정 모르는 애송이처럼 비쳐졌을 지도 모르겠다.

B급의 법보를 얻었으니 이 남자를 데리고 더 이득을 취하겠다. 이 말이었다.

'나도 조금 더 알아보고 싶은 게 있으니.'

김태환은 묵인해 주었다.

자신 역시 남자의 정체에 관해 더 알아보고 싶었던 것이다.

"……그래서 이렇게 무사하게 빠져나올 수 있었던 겁니다. 모두 김태환 이자의 도움 덕분이지요. 핫하!"

"대단하군."

관리자의 눈이 김태환에게 닿았다.

"운이 좋았습니다."

"운. 운이라. 그래서 말인데, 자네들에게 따로 일을 더 맡길까 싶은데…… 어떻게 생각하나?"

"일이라면?"

"요즘 이와 비슷한 일들이 대도시에서 계속 일어나고 있네. 우리 태양 길드는 이 문제를 바로잡을 생각이야. 아마 이 부분에 있어선 휘광 길드의 의견도 일치할걸세."

"알겠습니다. 기꺼이 맡지요."

김태환이 고개를 끄덕였다.

중대한 일이라면 그 중심에서 움직이며 인정받고 싶었다.

태양 길드가 직접 나설 정도이니 필히 별거 아닌 일은 아닐 터.

직접 관여할 가치는 있었다.

어지간한 시련은 남자 혼자서도 돌파할 수 있었다.

덕분에 일이 엄청나게 쉬워졌으며 함께한 용병들은 거의 금방석에 앉았다.

"이건 정말 미친 일이야. 이번 일이 잘 되면 은퇴해도 되겠어."

"그러니까. 중심부에 작은 가게를 낼 수도 있겠는데?"

"저 흑남이 완전 복덩이지."

용병들이 흑남이라 부르는 전신갑주의 남자를 바라봤다.

그들이 처리한 시련이 벌써 다섯 개를 넘겼다.

불과 한 달 만에 이뤄진 일이다.

그동안 그들은 막대한 보상을 받고 그 보상을 어찌 사용할지에 대해서 고민하고 있었다.

물론 그럴수록 경계도 커졌다.

그들의 보상을 노리고 공격해 온 이리가 아예 없진 않았던 것이다.

그들 서로도 너무 가까이 하진 않으려는 기색이 있었다.

'이 일, 평범하지 않아. 태양 길드가 전력을 기울여도 손이 부족할 정도의 일이다.'

하지만 김태환은 표정을 굳히고 있었다.

벌써 다섯 개의 시련을 돌파했지만, 모두가 하나같이 탐탁지 않았다.

일단 시련 모두가 키메라 종류의 괴물들이 즐비했다는 점.

'핵'을 부숴야 시련이 끝났다는 점이 같았다.

시련 상자처럼, 누군가 일부러 그런 시련을 만든 듯한…….

그런 착각이 일었다.

"이번에 돌아가면 일단 여자부터 구해야겠군."

"난 뜨거운 물에 몸이나 좀 담그고 싶다."

이번 일은 대도시 외곽에서 벌어졌다.

그를 해결하고 대도시로 돌아가는 길이었다.

돌아간 뒤의 일을 상상하는 것만으로도 피로가 쫙 풀리는 듯했다.

하지만 그들의 앞을 막아서는 이들이 있었다.

"······너넨 뭐냐?"

김태환이 나서서 말했다.

정통 복장을 하고, 짐승의 뼈 투구를 착용한 자들이었다.

그 숫자가 정확히 열.

"너희는 너무 나댔다. 죽음의 신이 노했다. 죽음으로 갚아야 한다. 나, 흥비쉬의 이름 아래에."

어수룩한 말투.

그들의 대표격으로 보이는 남자가 작은 단검을 들었다.

이어 단검으로 자신의 팔목을 그었다. 팔목엔 수없는 자상이 나 있었다.

촤악!

피가 뿜어지자 그것을 바닥에 뿌렸다.

쿠우웅!

잠시 후 바닥의 아래에서 그 피를 머금으며 다섯 기의 괴물이 솟아났다.

"강시······! 사령세가!"

다섯 기의 괴물은 모두 강시였다.

그것도 매우 어두운 색을 띠는.

김태환은 즉시 저들이 사령세가의 정예들임을 알아봤다.

'이번 일과 관계가 있구나!'

직감이지만 거의 확신하고 있었다.

태양 길드가 전병력을 움직이고 있는 일에 사령세가가 관계되어 있음을!

"흑강시다. 위대한 그분의 탄생. 밑거름이 될 추종자들이지."

남자, 흉비쉬는 자신했다.

흑강시 다섯 기라면 저들을 상대하고도 남는다.

그걸 김태환도 알고 있었다.

흑강시를 직접 상대한 적은 없지만 사령세가를 말할 때 들리는 이야기는 알고 있었다.

-사령세가의 흑강시를 보면 뒤도 돌아보지 말고 도망쳐라! 설령 그 누구라도.

그만큼 강하다는 이야기다.

"다들 무기 뽑아!"

김태환이 급하게 외쳤다.

툭.

실이 끊겼다.

"무영 님, 왜 그러시나요?"

무영은 고개를 돌렸다.

기품 있는 소녀.

하얀 원색의 드레스를 입은 소녀가 성의 위에 앉아 차를 마시는 와중이었다.

무영은 고개를 저었다.

"여전히 과묵하시군요. 하기야, 저 같은 거랑 대화를 나누긴 싫으시겠지요……."

소녀가 시무룩해졌다.

툭.

무영은 소녀의 머리 위에 손을 얹었다.

"저랑 같이 있어봤자 좋을 게 없을 텐데. 정말 괜찮으세요? 지금 길드는 완전 비상사태거든요. 알렉산드로 님이 실종되셔서 말이죠."

무영은 고개를 끄덕였다.

소녀가 웃었다.

이곳은 태양 길드의 본성.

소녀는 알렉산드로의 일곱 번째 딸이었다.

아무런 권력도 힘도 없는, 하지만 만약의 일이 생기면 방패막이로 써먹기에 더할 나위 없는 소녀.

"고마워요. 만약의 일이 벌어지면 그대만큼은 지켜줄게요. 제 결혼이 무사히 성사된다면…… 충분히 가능할 거예요."

소녀가 한숨을 내쉬었다.

무영이 손을 뗐다.

소녀가 약간 아쉬워하는 기색을 비쳤지만 어쩔 수 없었다.

이후 성의 아래를 바라보았다.

'분신의 기척이 끊겼고 드디어 끄나풀이 등장했다.'

당장은 소녀보다 다른 일이 더욱 신경 쓰였다.

분신이 터졌다. 그리고 분신의 기억이 머릿속으로 세세하게 들어왔다.

'사령세가.'

무영의 입가가 씰룩였다.

이번 일을 방해하는 자들.

하멜의 룬 반지를 얻고 그 이상의 득을 취하기 위해 풀어놓은 분신이 드디어 꼬리를 잡았다.

33장
히아신스

늦은 밤.

무영은 성 난간에 걸터앉아 잠시 생각에 잠겼다.

어째서 무영이 태양 길드의 본성에 있는가.

이 일을 설명하려면 대략 40일 전으로 돌아갈 필요가 있었다.

먼저, 무영은 하멜의 룬 반지를 얻고자 즉시 마신의 영역을 벗어나 대도시로 들어왔다.

신분을 위조하여 태양 길드에 잠입, 이후 알렉산드로가 행방불명이 되었다는 사실을 알게 되었다. 더불어 대도시 내에 이상 현상이 계속해서 발생하고 있다는 사실도 이때 알았다.

'태양 길드와 아르페지오 길드의 결탁. 내 기억이 확실하다면 그 일을 방해하려는 자들이 있었지. 또한 이 일로 인해

알렉산드로 퀸타르트의 자식들이 대거 죽는다.'

아르페지오 길드 역시 가장 거대한 아홉 길드 중 하나.

태양 길드는 정략결혼을 빌미로 그들과 결탁을 하려했다.

하지만 성사는 안 되었던 걸로 기억한다.

이 일을 방해하려는 자들이 있었고 그들에 의해 알렉산드로 퀸타르트의, 정략혼이 예정되어 있던 자식들이 모두 죽기 때문이다.

'정략혼은 공식적으로 표면에 알려진 일일 뿐이다. 이면에 숨겨진 이야기가 있다.'

알렉산드로의 행방불명이 걸린다.

그만한 이가 갑자기 모습을 감출 리는 없고 누군가의 암습을 받았대도 그게 통할 인물이 아니다.

하지만 그 숨겨진 이야기가 무엇인지 당장은 뜬구름잡기였다.

단순 예측을 할 수밖에 없는 게 무영은 이 시기에 웡 청린에게 납치당해 훈련을 받고 있었다. 나중에 문서나 상태창 시계의 히스토리로 엿본 내용만 적당히 기억할 따름이었다.

하지만 무영의 행동에 도움을 준 인물이 하나 있었으니.

'암살자. 아타락시아.'

뱀을 다루는 암살자.

마신의 영역을 벗어나려는 찰나, 놈이 습격해 왔으나 무영은 별거 아니라는 듯이 암살자를 격파했다.

정확히 자신을 노렸다는 점에서 의문을 느끼고 배후를 캐 봤다.

생시로 만든 뒤 대략적인 이야기를 들어본 것이다.

'알렉산드로는 가족들을 미끼로 던지고 누군가가 등장하 길 기다리고 있다. 길드 마스터의 부재를 알리며 길드가 취 약해진 순간 나타날 누군가를.'

모든 이야기와 정보를 종합한 결과 내린 결론이다.

알렉산드로가 행방불명된 건 분명한 고의다. 그 사실을 굳 이 숨기지도 않았다. 게다가 태양 길드는 현재 각종 이변을 처리하느라 전병력이 동원되고 있는 상황.

적대적인 세력이 있다면 지금이야말로 적기다.

'무엇을 얻으려는 거지?'

무려 가장 거대한 아홉 길드 중 수석이라는 태양 길드의 수장이 직접 움직인 일.

알렉산드로의 욕심이 얼마나 거대한지 무영은 알고 있 었다.

그가 이런 작전을 동원해 가며 얻을 물건이라.

무영으로서도 굉장히 구미가 당길 수밖에 없었다.

어쩌면 하멜의 룬 반지는 알렉산드로가 얻고자 하는 것에 비하면 별게 아닐지도 모른다.

그 물건이 무엇인지 정확히 알아내고자 무영은 아르페지 오 길드와 정략혼이 예정된 일곱 번째 딸 '히아신스'의 수석

경호원 일을 맡고 있는 것이었다.

'일단 사령세가가 배후에 있다는 건 확실하다. 흉비쉬. 까다로운 놈이 출현했군.'

흉비쉬는 무영도 익히 아는 놈이었다.

흑강시를 자유자재로 다루며 본신의 무력과 지력도 뛰어나 처리하기 여간 까다로운 상대가 아니다.

과거 무영과 한 차례 부딪친 적이 있었다.

무영이 최강의 살수가 되기 전의 일이었지만 놈과의 싸움으로 꽤 많은 진전을 이뤘다.

여러모로 기억에 남는 상대였다.

극도로 조심성이 많은 놈.

분신을 풀어놓은 게 정답이었다.

"배승민."

스르륵.

어둠과 동화되어 나타난 배승민이 뒤에 섰다.

무영은 차분하게 말했다.

"타칸과 함께 죽음의 기운을 쫓아라. 강시를 다루는 놈들을 말이다. 지금 대도시에서 너희를 막을 자는 몇 없을 터."

"쫓기만 합니까?"

"찾아내어 죽여라. 그리고 모든 걸 알아내라."

"알겠습니다."

스으윽.

배승민이 다시 어둠으로 돌아갔다.

이 진흙 판에 무영도 슬슬 참전할 작정이었다.

경호원으로 있기는 하지만 적들이 언제 쳐들어올지가 확실하지 않다.

그 전에 무영 나름대로 사령세가를 공격하며 정보를 얻어낼 셈이었다.

어차피 지금 대도시는 혼란 그 자체다.

태양 길드에 들어오고 나서 더욱 확실해졌다.

타칸과 배승민을 막을 수 있는 자는 지극히 적었고 어둠속에서 활동한다면 결코 찾아내지 못할 것이었다.

'하멜의 룬 반지를 당장 얻을 필요는 없지.'

무영은 알렉산드로의 일곱 번째 딸인 히아신스를 떠올렸다.

그 작은 소녀가 하멜의 룬 반지를 착용하고 있었다.

그리고 당장은 그것을 굳이 뺏을 필요가 없다.

하멜의 룬 반지는 사용자가 죽어야만 이전이 되는 탓이다.

히아신스가 기지개를 켜고 일어났다.

침을 흘리며 멍한 눈초리로 주변을 살피자 하녀 두 명이 보였다.

"아침식사 시간입니다. 준비하시지요."

하녀들은 히아신스의 잠옷을 벗기고 그릇에 떠온 물로 그녀를 씻긴 뒤 하얀 원피스를 입혔다.

"아침밥은 안 먹으면 안 돼?"

"반드시 드셔야 합니다. 알렉산드로 님께서 유일하게 가족들에게 바라는 것이었지 않습니까?"

"알렉산드로 님은…… 알았어."

한숨을 푹 내쉰 히아신스가 걸음을 터덜터덜 옮겼다.

알렉산드로 님.

아빠를 아빠라고 부르지 못하는 비애다.

모두가 철면피, 냉혈한이라고 욕하지만 가족에겐 나름 따듯했다.

그래서 가족식사는 언제나 웃음이 넘쳤지만 그 모든 게 가면이었음을 히아신스도 최근에서야 깨닫게 되었다.

알렉산드로가 있기에 유지된 평화.

그가 없는 지금은 가족 모두가 이권을 노리는 이리가 되었다. 서로 물어뜯기 바쁘며 화목은 옛날이야기가 되어 버렸다.

끼이익.

문을 열고 바깥으로 나가자 한 남자가 고개를 숙였다.

"무영 님! 미안해요. 기다리고 계셨나요?"

언제 풀이 죽었냐는 듯 히아신스가 아름다운 미소를 머금었다.

소녀만의 청초한 느낌이 묻어나는 좋은 웃음이었다.

솔직히 히아시스는 무영에 대해 거의 모른다.

그저 무영이 과거 '위명의 기사들'이라 불렸던, 지금은 전설처럼 여겨지는 기사단의 단원이었으며 그들의 유지를 받들어 세상을 유랑하고 있다는 사실 정도만 안다.

물론 무영이 그 모든 사실을 위조했다는 사실 역시도 모르고 있었다.

다만, 소녀의 눈에 '위명의 기사단 단원'이라는 게 굉장히 매력적으로 다가왔을 뿐이었다.

지금은 사라진 전설.

30년도 훨씬 전에 여덟 마왕을 죽인 기록의 보유자들.

무영은 그에 걸맞은 검술 실력과 무거운 분위기를 갖고 있었다.

백마탄 왕자님을 연상시키기에 부족함이 없었던 것이다.

게다가 그런 기사가 다른 이도 아닌 자신을 택했다.

지금 그녀의 입장에선 사막의 오아시스와 같았다.

"아닙니다."

"그래요? 다행이네요. 그럼 에스코트 부탁드려요."

히아신스가 살짝 허리를 낮추며 오른손을 내밀었다.

하얀 장갑을 착용하고 있었는데 툭 치면 부러질 듯이 가늘었다.

히아신스의 뺨이 살짝 붉게 물들었다.

무영은 오른손을 살짝 마주잡고 앞으로 걸어 나갔다.

태양 길드, 알렉산드로의 가족이라 칭할 수 있는 이는 모두 열다섯 명이었다.

열다섯이 둥근 원탁 하나를 사이에 두고 앉아서 식사를 진행하는 것이다.

본래 경호원은 이 장소에 들어가지 못하는 게 원칙이지만 알렉산드로가 실종된 뒤부터 한 명당 한 명씩의 경호원 출입이 가능해졌다.

물론 바깥에는 백 명이 넘는 이가 대기 중이다.

유사시에 급히 들어와 일을 처리하는 게 명분이라지만 사실은 유세이며 기싸움이라는 걸 모두가 알고 있었다.

'냉전이 따로 없군.'

분위기는 완전한 얼음장이었다.

먹는 게 코로 들어가는지 입으로 들어가는지 이 정도면 인지가 안 될 수준이다.

당연히 히아신스는 바짝 얼어 있었다.

툭.

그녀가 쥐고 있던 포크를 떨어뜨리자 바로 다른 이들이 도끼눈을 하며 노려봤다.

그중 제법 나이를 먹은 안경 쓴 여인이 한숨을 내쉬었다.

"히아신스, 여자아이가 칠칠맞지 못하게 그게 뭐니? 걱정이다. 아르페지오 길드에 가서 그런 모습을 보여 우리 얼굴에 먹칠을 하진 않겠지?"

"미안해요, 언니."

히아신스가 고개를 푹 숙였다.

히아신스는 막내였고 그만큼 알렉산드로의 사랑을 많이 받았다.

그가 사라지자 그 반동이 그대로 돌아오고 있는 것이다.

"누이, 너무 그러지 마세요. 하필이면 상대가 그 망나니 아닙니까? 당연히 심란하겠지요. 성도착증이 있어서 여자를 몇 명이나 죽였다는 그놈. 푸흐흐."

한 남자가 입을 가리고 웃었다.

동시에 몇몇 이가 웃음을 터뜨렸다.

그럴수록 히아신스의 고개는 더욱 낮아질 뿐이었다.

히아신스의 결혼 상대는 어지간한 이라면 모두가 아는 망나니였다. 벌써 다섯 번의 결혼을 했고 상대 여인이 죽어 '인간쓰레기'라고 불리는 남자.

히아신스는 그런 남자에게 팔려가는 것이다.

명목은 태양 길드와 아르페지오 길드의 화합을 위해서라지만 끔찍하기 그지없는 일이었다.

"떠날 날이 얼마 안 남았는데 좀 더 몸가짐에 조심하여라."

"예……."

히아신스는 그들의 안중에도 없었다.

가장 서열이 낮고 가장 질이 나쁜 곳으로 팔려가는 입장이기에.

본론은 따로 있었다.

"알렉산드로 님의 자리를 언제까지 공석으로 놔둘 순 없어요."

"그 자리는 당연히 내가 맡는 게 정상이겠지. 나는 알렉산드로 님을 따라 수십 년간 행정 처리를 해왔다. 길드에 대해서 나보다 잘 아는 이는 없어."

"웃기는군. 지금 길드는 위험한 상태다. '화룡 기사단'의 단장인 내가 임시로나마 길드를 이끄는 게 정상이 아니겠나?"

모두의 목청이 금세 커졌다.

답이 나올 리 없고 그저 싸우기만 한다.

이들을 보면 길드의 상태를 알기 싫어도 알 수 있었다.

'개판이군.'

가장 거대한 길드이고 수많은 이의 추앙을 받는 곳도 내부는 썩었다.

비단 태양 길드만 그런 게 아니다.

다른 곳도 더하면 더했지 부족하진 않으리라.

무영은 접시에 닿을 정도로 고개를 숙인 히아신스를 바라봤다.

최대한 빨리 이곳을 빠져나가고 싶어 하는 기색이었다.

식사시간이 끝나고 히아신스는 바로 바깥으로 향했다.

꽃과 잔디가 무성한 성 외곽에서 종이와 붓을 준비하고 그림을 그리기 시작했다.

그림 실력은 매우 뛰어난 편이었다.

"아! 잠깐만 그대로 서 계세요. 지금 구도가 굉장히 좋아요."

히아신스가 그리던 걸 멈추고 다른 종이를 꺼냈다. 이후 붓을 놀리며 무영과 주변 관경을 그려냈다.

당장은 할 일도 없는지라 그 장단에 맞춰주었다.

그러길 얼마나 지났을까.

"다 그렸어요. 어때요?"

무영은 슬쩍 다가가 히아신스가 그린 그림을 살폈다. 해바라기와 그 안에 서 있는 무영의 모습은 정말 그림같았다.

"괜찮군요."

"헤헤. 다행이네요. 아…… 이 그림, 제가 가져도 되나요?"

"히아신스 님이 그리셨으니 마음대로 하십시오."

"아싸!"

히아신스가 주먹을 불끈 쥐었다.

말괄량이처럼 보이나 그 나이에 어울리는 행동이다.

"팔자도 좋군."

그때 한 남자가 열댓 명의 경호원을 대동한 채 자리에 나타났다.

식사 시간에 망나니를 언급하며 히아신스를 비웃은 남자였다.

배가 툭 튀어나왔고 나이는 서른 중반쯤.

알렉산드로의 다섯째 자식이며 이름이 '멘디니'였던가.

"메, 멘디니 오라버니."

히아신스가 급속도로 굳었다.

멘디니가 히아신스를 바라보는 눈빛엔 항상 정욕과 같은 게 어려 있었다.

그것을 히아신스라고 모를 리 없었기에 본능적으로 굳어 버린 것이다.

이후 멘디니가 다가오자 무영은 급히 그 앞을 막아섰다.

무영을 보고 멘디니가 피식 웃었다.

"아아, 네가 그 위명의 기사인가? 겉모습은 그럴싸하군. 진짜인지 가짜인지는 모르겠다만……."

멘디니가 무영을 밀치고 히아신스의 그림을 바라봤다.

"이딴 거나 그리고 있었던 거냐? 지금이 어느 때인데, 하! 이제 태양 길드를 완전히 벗어난다. 뭐 그런 거냐?"

"그, 그런 게 아니에요."

"안 그래도 너의 행동을 마음에 안 들어 하는 이가 많아. 언제까지 애처럼 굴 거냐? 따라와라. 이번에 내가 어른으로서 보여야 할 행동이 무엇인지 훈련시켜 주마."

멘디니가 히아신스의 어깨를 어루만지다가 팔을 붙잡았다.

백주대낮. 평소에 이런 일이 없었던 건 아니지만 오늘은 유독 적극적이다.

히아신스가 바짝 굳었다. 전신에 털이 곤두섰다. 벌레가 몸을 기는 그런 기분.

"손을 놔라."

때마침 무영이 멘디니의 어깨를 붙잡았다.

샤아앙!

창!

그럼과 동시에 열댓 명의 경호원이 무기를 들고 무영을 겨눴다.

"손…… 뭐라고? 잘 안 들리는데, 다시 말해줄 수 있나?"

멘디니가 천천히 고개를 돌렸다.

그리고 의기양양한 표정으로 비웃음을 흘렸다.

하여, 무영은 또박또박 다시 말했다.

"손, 놔라."

사자가 울 때 저주파가 흘러나와 사냥감을 움쩍달싹하지 못하게 만든다고 한다.

한마디로 보이지 않는 기운이 생체에 막대한 영향을 끼치는 것이다.

지금 무영의 모습이 그러했다.

멘디니는 알렉산드로의 식구로서 어렸을 때부터 좋은 것만 먹고 자랐지만 그러다 보니 수라장을 거쳐 온 무영과는 완전 반대일 수밖에 없었다.

온실 안의 화초.

손에 굳은살이라곤 없고 몸집은 비대하다.

그간 얼마나 수련을 게을리해 왔는지 알려주는 대목이었다.

이런 녀석이 그 알렉산드로의 자식이란 게 믿기지 않지만 무영은 멘디니가 굉장히 겁이 많다는 걸 본능적으로 알아차렸다.

살의 떨림, 눈가의 움직임이나 긴장할 때 흘러나오는 특유의 냄새만으로도 무영은 어느 정도 사람을 재단할 수 있었다.

그런 감정의 표현을 숨기는 훈련을 따로 받지 않는 이상에야…….

'한심하군.'

무영은 내심 혀를 찼다.

알렉산드로의 식솔이다. 그러한 훈련을 받지 않았을 리 없었다.

정신적 방어기제 역시 훌륭하게 쌓아났을 것이다.

한데 멘디니는 무영의 강압적인 말 한마디에 몸을 떨고 있었다.

한심하고, 더 나아가 실망스럽다.

호랑이의 자식이 개조차 되지 못하다니.

욕심 많은 돼지와 다를 바가 없지 않은가.

덜덜덜!

무영의 기세를 잠시 맛본 것만으로 멘디니는 식은땀을 줄 곧 흘려댔다.

멘디니의 시선에서 무영은 염라대왕처럼 부각됐다.

"끄으으윽!"

무영의 손이 멘디니의 어깨를 점차 짓눌렀다.

자연스럽게 히아신스로부터 손을 놓자 무영 역시 멘디니를 바닥에 내팽개쳤다.

"무, 무엇들 하는 거냐! 이놈을 죽여!"

비웃음은 사라졌다.

멘디니는 잔혹하게 일그러진 얼굴로 말했다.

그러자 열댓 명의 호위가 순식간에 무영을 감쌌다.

"이, 이러지 마세요. 멘디니 오라버니."

"개 같은 년! 그사이에 저놈이랑 붙어먹은 모양이지? 너희 연놈 다 무사하진 못할 줄 알아라!"

멘디니가 엉덩이로 바닥을 끌며 재빨리 뒤로 물러나더니 호위들의 뒤에 숨어 이처럼 외쳤다.

히아신스가 몸을 가냘프게 떨었다.

이처럼 모욕적인 말은 들어본 적이 없었기 때문이다.

"원래는 이러지 않았잖아요, 멘디니 오라버니. 대체 왜……."

왈칵 눈물을 쏟아내는 히아신스의 머리 위로 무영이 한 차례 손을 올렸다.

히아신스가 지금 무너져선 안 된다.

무영의 목적을 위해 맞서 싸우지 않으면 안 된다.

그러니 도움을 주기로 하였다.

"세상은 보이는 게 전부가 아니다."

히아신스는 너무 어리다.

그래서 독해질 필요가 있었다.

어리다고 무시하고 깔보지 못하게.

알렉산드로가 모습을 감춘 이때, 이리들이 침범하지 못하도록 자신만의 영역을 만들 필요가 있었다.

무영은 작게 속삭였다.

"그림처럼 아름답지도 않지."

세상은, 마계는, 오물로 가득하다.

누가 더 많은 오물을 뒤집어쓰느냐의 차이일 뿐.

모두가 살아가는 건 결코 아름답지도 깨끗하지도 않다.

그걸 알아야만 했다.

단순한 회피는 언젠가 참극을 불러오게 마련이었다.

스릉!

경호를 맡던 열댓 명의 호위가 검을 들었다.

하지만 비탄은 울지 않았다.

'본색을 보이는 것조차 아깝다 이거냐?'

무영은 피식 웃고 말았다.

비탄이 깨어나지도 않았다. 자신이 나설 싸움이 아니라는 듯.

수준이 떨어진다는 의미다.

마신의 영역에서 괴물의 피를 탐하던 때와는 완전히 다른 태도.

인간들의 무력 수준이 한참 낮으니 그럴 수밖에.

기껏해야 주요 능력치 250안팎 정도가 될 것이었다.

무영은 비탄을 뽑지도 않았다.

화르륵!

용 형상의 불길이 무영의 등 뒤로 떠올랐다.

쿠와아아앙!

용이 크게 울부짖자 주변에서 달려들던 이들도 멈춰 설 수밖에 없었다.

하지만 용은 멈춰 있다고 봐주지 않았다.

입을 크게 벌려 순식간에 다섯 명을 먹어치웠다.

털썩!

타는 과정조차 없다. 바로 숯이 되어 바닥에 몸을 눕혔다.

"용기사……?"

모두가 경악했다.

특히 멘디니의 표정이 볼 만했다.

위명의 기사라고만 알고 있었지 그 실력에 대해선 자세히 알지 못했던 탓이다.

히아신스의 호위로 지원한 사람 자체가 적었고 그들 모두 실력이 일천했기에 무영을 제대로 파악할 수 없었다.

'정말 위명의 기사란 말인가!'

차례차례 한 명씩 불에 타서 사라진다.

무영의 움직임은 눈으로 읽기 어려운 수준이었다.

전설 속 위명의 기사들이 저와 같았을까.

수십, 수백만의 적을 뚫고 마왕의 목을 그었던 자들…….

이윽고 모든 호위가 바스러졌다.

멘디니는 눈을 동그랗게 뜨고 그 과정을 그저 지켜볼 수밖에 없었다.

"흐으으윽!"

이내 정신을 차린 멘디니의 바지가 축축해졌다.

겁을 먹고 실금한 것이다.

털썩!

무영이 다가가자 엉거주춤 쓰러져선 이를 악물고 말했다.

"내, 내가 누구인줄 아느냐! 날 죽이면 결코 무사하지 못할 것이다!"

"……무영 님."

동시에 히아신스가 무영의 옷깃을 잡았다.

이 상황이 되어서도 멘디니를 걱정하는 건가?

하나, 다행히도 그건 아닌 듯싶었다.

멘디니의 말마따나 일이 커지면 무영이 감당하기 어려워지니 순전히 무영의 안위를 걱정하는 눈빛이었다.

"너를 만진 한쪽 손만 자르도록 하지."

"예?"

스릉!

서걱!

일련의 동작이 보이지도 않았다.

비탄이 눈 깜빡할 사이에 뛰쳐나와 멘디니의 오른손을 앗아가고 다시 원래의 자리로 돌아왔다.

"끄아아아아악! 내 손! 내 손!!"

멘디니가 피가 흐르는 손을 부여잡고 바닥을 굴렀다.

그럼에도 무영의 얼굴은 한 점 흐트러지질 않았다.

히아신스는 잠시 넋을 잃고 그 광경을 바라보았다.

하지만 그게 전부였다.

마계에서 온실 속의 화초로 자랐대도 시체를 보는 건 예삿일이기에.

"위명의 기사인 내가 섬기는 사람은 오로지 한 사람뿐이다. 태양 길드도, 다른 누군가도 아닌. 그러니 더욱 당당해져도 된다."

그 한 사람이 누구인지는 뻔했다.

오로지 한 사람.

그 말이 주는 달콤함은 히아신스의 정신을 일깨우기에 충분했다.

히아신스가 무영의 눈을 보며 주먹을 꽉 쥐었다.

무언가 무언의 다짐이라도 한 듯이.

멘디니가 한쪽 손을 잃은 사건은 일파만파 퍼져나갔다.

당연히 히아신스를 추궁하고자 많은 이가 몰려왔지만 그럴 때마다 히아신스는 똑 부러지게 말했다.

"멘디니 오라버니가 저를 추행하려고 했어요. 그는 제 기사로서 응당 할 일을 했을 뿐이에요."

"멘디니가 그럴 리 없다! 너는 지금 저 기사를 지켜주려고 거짓말을 하고 있는 거야!"

"둘째 언니, 거짓말이 아니에요."

"녀석은 네 그림에 관심이 생겨서 다가간 게 전부라고 했어. 그런데 손을 잘라? 네가 그렇게 독한 아이인 줄은 몰랐구나."

그 자리에 있던 사람 중 살아남은 건 멘디니와 히아신스, 그리고 무영밖에 없었다.

하지만 두 쪽의 이야기가 완전히 달랐고 형제들에게 더욱 신뢰를 주는 건 안타깝게도 멘디니 쪽이었다.

"저는 진실을 말하고 있어요. 그런데 계속 거짓이라고 우겨서 어쩔 셈이죠? 무영 님의 목숨이라도 내놓으라는 건가요? 이 많은 병사로 저를 압박하면서요?"

수백의 병사가 방 안과 밖에 배치되어 있었다.

하나 히아신스는 한 치도 물러나지 않았다.

평소라면 진즉에 굽혔을 아이다.

둘째 언니라고 불린 여인도 조금은 당황하는 기색이었다.

"당연히! 우리는 모두 태양 길드의 대들보다. 어느 날 갑자기 나타난 외인 주제에 그런 대들보 하나를 없애려고 한 거야. 목숨을 내놓는 게 당연한 일 아니겠니?"

"의견이 좁혀지지 않으면 다른 수가 없군요. 이런 때를 대비해서 '검의 재판'이란 제도를 만들어 놓은 거 아닌가요?"

"너……?"

여인이 눈을 크게 떴다.

검의 재판.

서로의 의견이 좁혀지지 않고 기존의 규칙으로도 재단할 수 없는 일이 생겼을 때 진실공방을 위해 만든 제도다.

그야말로 강한 자가 옳다는 다소 이기적인 제도.

하지만 검은 진실만 말한다는 점에서 적당히 수긍이 가기도 하였다.

그걸 다른 이도 아닌 히아신스가 언급한 것이다.

그리고 무영은 히아신스의 뒤에서 태산처럼 버티고 있었다.

'현명하군.'

히아신스는 어리고, 여리지만 마냥 유순한 소녀는 아니었다.

무영과 자신을 지키려거든 이 방법밖에 없음을 직감적으로 깨우친 것이다.

숙일 게 아니라 치고 나가야만 살 수 있었다.

억지로라도 끌고 가려 했건만 스스로 깨달아줘서 다행이었다.

"그게 지금 무슨 뜻인지는 알고 말하는 거야?"

"알아요. 서로의 인장을 걸고 벌이는 서로 간의 재판이죠."

태양 길드의 자녀는 모두 인장을 하나씩 갖고 있었다.

그 인장이야말로 그들의 힘이며 전부다.

검의 재판이란 모든 걸 걸고서 싸움에 임해야 하는 것이었다.

"저는 무영 님을 저의 대리로 내세우겠어요. 제 상대는 언니가 되어주실 건가요? 아니면 지금 병상에 있는 멘디니 오라버님이?"

"너…… 원래 이런 아이였니?"

"제가 이렇게 되도록 만든 건 언니들과 오라버님들이에요."

히아신스는 한마디도 지지 않았다.

이에 기가 질린 여인이 혀를 차며 몸을 돌렸다.

"네가 바란다면, 알겠다. 검의 재판을 하자. 그 위명의 기사인지 뭔지를 믿는 모양이다만 우리 태양 길드엔 그보다 강한 사람이 넘쳐난단다."

후회해도 늦었다는 듯 히아신스를 한 차례 노려보곤 발을 옮겼다.

모든 병사가 여인을 따라갔고 이내 텅 빈 방 안에서 히아신스가 크게 숨을 내쉬었다.

"후우! 이게 잘된 일인지 아직도 모르겠군요."

"모두 잘 풀릴 거다."

무영은 확신했다.

알렉산드로가 없는 지금.

히아신스로 말미암아 태양 길드의 더욱 중심으로 침투할 예정이었다.

'뿌리를 박고, 양분을 흡수한다.'

알렉산드로나 그 대리만이 들어갈 수 있는 장소가 이곳엔 많았다.

철통같이 보안이 되어 있어서 무영도 섣불리 움직이지 못할 정도다.

하지만 히아신스가 인장을 모아서 더 강한 권한을 갖게 된다면 그런 장소도 들어갈 수 있을 터였다.

비록 히아신스가 다른 길드와 혼약이 약속되어 있다지만 그건 어디까지나 표면적인 일에 불과했으니까.

더불어 히아신스가 권한을 잡게 되면 그런 약속 따윈 그냥 무마시켜 버릴 수 있었다.

태양 길드는 그런 힘이 있는 곳이다. 게다가 숨겨진 수많은 보물과 정보가 산을 이룬다고 전해진다.

회귀 전의 무영조차도 이곳을 제대로 털어본 적은 없었다.

무엇이 있을지 상상하는 것만으로 흥분이 되는 일이었다.

잠시 후 긴장이 조금 풀렸는지 히아신스가 말했다.

"그런데 언제부터 말을 놨죠?"

"불편한가?"

"음…… 아뇨, 좋네요. 이게 좋아요."

뭐가 좋은진 모르겠지만 히아신스가 음음 하고 고개를 끄덕였다.

그리고 이어서 입을 열었다.

"앞으로 둘이 있을 땐 히아라고 부르세요. 아주 친한 사람한테만 허락한 제 별명이에요. 한번 해보세요. 히아."

"나중에 부르지."

"나중 말고 지금이요. 히아!"

"히아."

동시에 히아신스의 볼이 붉어졌다.

"자, 잘했어요. 계속 그렇게 불러주세요."

어색한지 그대로 침대에 몸을 던졌다.

무영은 그 옆에 자리를 잡았다.

침묵 속에서 신뢰가 싹을 텄다.

멘디니가 대리인으로 내세운 자는 붉은 수염을 가진 노련한 전사였다.

바스티우.

인류에서 가장 강한 300명 안에는 충분히 들 강자라고 알려진 화염의 힘을 다루는 강자.

하지만 무영의 불길에는 미치지 못했다.

바스티우의 붉은 수염이 무영의 불에 타올랐다.

털썩!

이어 바스티우가 정신을 잃고 바닥에 쓰러지자 모두가 믿기지 않는다는 듯 투기장을 바라봤다.

이변.

천재지변에 가까운 이변이 일어났다.

아무리 무영이 강하다 해도 바스티우는 태양 길드 내에서도 초강자로 분류되는 전사이거늘!

"이, 이런 말도 안 되는 일이……."

그 장면을 멀리서 바라보던 멘디니가 거품을 물고 졸도했다.

태양 길드의 전통.

검의 재판에서 졌다.

재판에 건 것은 인장.

인장은 힘이며, 권력이며, 모든 것이다. 그걸 빼앗겼으니 멘디니의 미래는 불 보듯 뻔했다.

태양 모양의 배지.

고작 엄지만 한 작은 물건 하나지만 그 값어치는 상상을 초월한다.

100여 가지의 영구 지속 스킬과 수많은 권한을 이 작은 배지가 모두 품고 있었기 때문이다.

대도라 불린 도둑이나 유명한 복제의 장인들이 인장을 복제하려다가 실패한 이야기는 매우 유명한 실화다.

복제는 결코 불가하며 태양 길드 내에서도 15개가 전부이니 그 희소성은 두말할 필요가 없었다.

"정말 이기셨군요……."

재판이 끝나고 한참이 지났음에도 히아신스는 붕 뜬 표정이었다.

살짝 상기된 얼굴과 몽롱하게 풀린 눈은 아직도 꿈과 현실을 구분하지 못하는 듯했다.

그럴 수밖에.

솔직히 상대가 그 '바스티우'라는 말을 듣곤 포기하고 있었다.

태양 길드 내에서도 스무 손가락 내에는 꼽히는 남자. 그는 살육을 좋아해서 싸운 상대를 무조건 죽인다.

하지만 엉덩이가 무겁다. 웬만한 유혹으로는 움직이지 않았을 이를 멘디니가 대리로 내세운 것이다.

아마도 다른 형제자매들이 도움을 줬을 테지. 이에 '마지막이구나'라고 생각하며 반쯤 포기하고 있었는데, 웬걸.

"속고만 살았나?"

"바스티우 님이라고요! 일당백, 혼자 던전 하나를 초토화시킨 일이나 '아이엠' 길드를 격파한 걸로 유명한……. 어떻게 이기리라 생각하겠나요."

"너는 자신감이 부족하다. 네 손에 있는 건 의외로 많아."

자신의 손에 얼마나 많은 이점이 있는지 깨닫게 된다면 히아신스도 놀랄 것이다.

단지 지금은 그 사용법을 모를 뿐.

히아신스의 눈망울이 흔들렸다.

작고 청초한 소녀는 여전히 얼이 나가 있었다.

"아직도 믿기지 않아요. 어째서 무영 님과 같은 분이 제 곁에 있기를 자처했는지."

"사람을 구한 건 그쪽이지 않나?"

엄밀히 말해서 먼저 사람을 구한 건 히아신스 쪽이었다.

호위를 구하는 종이를 대도시에 뿌린 게 히아신스의 관계자였으니.

하지만 히아신스의 입지가 워낙 애매하고 그걸 대도시의 사람 대부분이 알고 있는지라 섣불리 경호를 맡겠다며 나오는 사람이 없었다.

히아신스에 대한 소문을 보자면 대충 이렇다.

아르페지오 길드로 팔려가는 비운의 소녀.

권력 다툼의 희생자.

신데렐라…….

괴롭힘을 당해서 이러한 별명마저 붙은 모양이었다.

사람이란 뭐든 싸움이 일어나면 희생양을 찾게 마련.

그리고 거기서 막내이자 힘이 가장 없는 히아신스가 선택됐을 따름이었다.

사람들도 당연히 그 사실을 안다.

괜히 호위로 등록했다간 새우 등만 터질 거라는 걸.

호위가 되겠다며 나선 사람도 한몫 챙기려거나 히아신스에게 불순한 의도를 가진 쭉정이가 대부분이었다.

거기서 우연히 무영이 얻어걸렸다.

"그건 그렇지만요……."

"나는 세상 경험이 적다. 여태껏 긴 시간 수련을 해왔지."

적당히 무영은 자신에 대해 양념을 쳤다.

히아신스도 마지못해 납득하는 분위기였다.

"하긴, 바스티우 님을 이길 정도면 하루 이틀로는 안 되겠죠."

무영에 대한 조사는 진즉에 끝났다.

하지만 아무리 털어도 먼지 한 톨 나오지 않았다.

마치 허공에서 갑자기 솟아난 사람 같았다.

그런데 그 이유가 초야에 묻혀 수련을 하고 있었다고 한다면 어느 정도 납득이 간다.

현재의 히아신스는 무영이 물을 불이라고 해도 최대한 믿으려고 할 것이었다.

무영은 느긋하게 말했다.

"세상을 경험하기에 이곳보다 더 적합한 곳은 없다고 생각했다."

"그 부분은 자신할 수 있어요. 제 옆만큼 장관인 곳은 없다고."

무영이 앉은 장소는 특등석이다.

세상 경험? 태양 길드에 있다 보면 별의별 경험을 다 하게 될 것이었다.

무영은 입가를 살짝 들어 올렸다.

처음 봤을 땐 그냥 허약한 소녀였는데 마음먹기에 따라서 제법 다부진 인상도 주는 것이 퍽 신기한 것이다.

짧은 대화가 끝나고 히아신스가 한숨을 내쉬며 본론으로 들어갔다.

"그나저나…… 이건 어쩌죠?"

태양 모양의 인장.

'검의 재판'에서 승리하고 그 인장을 얻었다.

인장의 소유권은 이미 히아신스에게 귀속되어 버렸다.

"네 것이다. 응당 누려야 할 특권이지."

"두 개면 B급 보물 창고도 마음대로 들어갈 수 있어요. 말 그대로 B랭크 무구가 산처럼 쌓여 있는 곳이죠. 최대 세 개까지 손을 대도 괜찮을 거예요."

"필요 없다."

히아신스는 나름 호의로 말했지만 B랭크 무구 정도면 굳이 욕심낼 필요가 없었다.

지금은 받지 않고 오히려 이런 식으로 뭐라도 주고 싶게끔 안달이 나게 만드는 편이 낫다.

조금이라도 마음의 무거움을 덜어내려 한 행동이지만 무영이 받아주지 않자 히아신스는 한숨을 내쉬었다.

"그럼 이걸 제가 쓸 일이 있을까요?"

"인장은 힘 그 자체다. 들고 있는 것만으로도 너의 상징이 된다."

"하지만…… 저는 곧 외인이 되는 걸요."

"아르페지오 길드에 가고 싶은가?"

"설마요! 저도 그런 막돼먹은 사람에게 팔려가긴 싫어요. 그러기엔 제가 아깝다고 생각해요."

히아신스가 급구 부정했다.

무영은 당연히 그럴 줄 알았다는 듯 계속해서 말했다.

"그렇다면 인장을 더 모아라. 네 의사를 밝혀도 누구 하나 겉으로 반대하지 못할 힘을 소유하면 되는 것이다."

인장을 모아라.

히아신스에겐 매우 잔인한 말이었다.

결국 형제자매들과 피 터지는 싸움을 하라는 뜻이었으니까.

"인장을……."

두 개의 인장.

히아신스가 눈에 힘을 잔뜩 주었다.

"하지만 무영 님, 정말 괜찮을까요? 무영 님을 못 믿는 건 아니지만 상대가 너무 거대하고 많아요."

"단언하지."

무영이 무겁게 말했다.

단언. 확신.

이런 표현은 잘 안 쓰지만 지금은 제법 유용하게 사용할 수 있을 듯했다.

이어서 무영은 히아신스의 눈을 똑바로 바라보며 어깨 위에 손을 올리곤 한 자 한 자 천천히 입에 담았다.

"이곳에서 나를 이길 자는 없다."

"미꾸라지 한 마리가 물을 흐렸군."

거대한 회장 안.

태양 길드의 실무들이 모여앉아 대화를 이어 나가고 있었다.

"그 가짜 위명의 기사를 끌어내야 합니다."

한 남자가 말했다.

현재 대화의 중심 주제는 당연히 바스티우를 이긴 남자에 관해서였다.

하지만 명분이 없었다.

남자, 무영은 태양 길드 소속으로 들어온 게 아니다.

히아신스 개인의 호위로서 고용된 것이다.

"무슨 명목으로?"

모두가 안다.

히아신스를 압박해서 무영을 끌어내리는 계획도 실패했다. 도리어 당당하게 받아치는 모습을 보며 다들 문제의 심각성을 깨달았다.

"히아신스는 놈에게 조종당하고 있는 겁니다."

"그럼 다시 검의 재판을 열까요? 멘디니의 복수라는 명분 아래에?"

"멘디니, 그 반푼이는 좀 심했지."

"딱히 놈을 위해 나서고 싶진 않군."

멘디니의 주가는 이미 끝장났다.

그 누구도 더 이상 멘디니를 옹호하지 않았다.

이미 반 시체와 다름이 없었다.

더 이상 이용할 가치도 없는 녀석을 명분 삼아 검의 재판을 연다?

그처럼 창피한 일도 없을 것이다.

"형제님들, 제가 처리하지요."

그때 구석에서 조용히 바닥을 내려다보던 남성이 말했다.

"이드랜저, 네가?"

"굳이 이런 일에 형제님들의 손을 더럽힐 필요는 없지 않겠습니까?"

대소사가 있을 때 표면적으로 처리하지 못할 일이 생기면 항상 이 남성이 나서곤 했다.

사실 은연중 모두가 그가 나서길 바라고 있었던 것이다.

모두의 눈에 신뢰 어린 눈빛이 새겨졌다.

이드랜저가 이윽고 한 가지 제안을 던졌다.

"살수림에 의뢰를 넣겠습니다."

"……!"

"살수림……."

모두가 웅성거렸다. 모두가 놀랐다.

살수림.

그 세 글자가 가지는 힘은 적어도 여기 있는 사람들이라면 모두가 안다.

하지만 함부로 언급해선 안 된다.

살수림은 태양 길드와 다른 거대 길드들의 치부.

그들이 이권의 독차지를 위해 만들고 유지하는 단체가 바로 살수림인 것이다.

지금은 아예 독립하여 의뢰를 골라받고 있다지만…….

한데 이드랜저가 살수림을 언급한 것이다.

"바스티우를 처리할 정도의 강자입니다. 어지간한 암수는 먹히지 않겠지요. 오히려 반발만 일으킬 뿐. 그러니 그 전에 조용히 처리해야 하지 않겠습니까?"

아예 처음부터 강수를 두는 편이 낫다는 주장이다.

확실히 일리는 있었다.

이드랜저가 계속해서 말했다.

"형제님들은 조용히 침묵만 해주시면 됩니다."

한 명도 답하지 않았다.

하지만 이드랜저는 희미하게 웃어 보였다.

침묵은 곧 긍정임을 그도 알고 있었던 것이다.

검은 복면을 쓴 살수가 태양 길드의 성머리에 올라앉았다.

그 숫자가 족히 스물.

발이 닿아도 소리가 하나 없다.

심장 뛰는 소리와 숨소리마저 스스로 조절하고 있었다.

가히 일류라고 칭해도 부족함이 없으리라.

그들이 벽을 타고 내려와 무영이 기거하는 방에 발을 들였다.

촤촥!

안을 살피고 들어가는 순간, 두 명이 동시에 쓰러졌다.

벽이나 어둠 속에서 뱀들이 튀어나와 살수들의 목을 쥐어뜯었다.

"반가운 손님들이로군……."

어느덧 살수들의 속에 섞인 한 남자가 말했다.

살수들이 급히 당황하여 멀어졌지만 남자가 한 발 더 빨랐다.

남자가 살수 한 명을 손에 쥐자 살수의 전신이 흐물흐물 녹아내렸다.

남자는 아타락시아였다.

본래는 무율세가의 가주인 무율진의 명령만을 받는 살수로 마신의 영역에서 무영을 습격하는 임무를 받고 있었다.

하지만 무영의 암습에 실패하고 패배하여 그대로 언데드가 되어버린 것이다.

하나 아타락시아는 무영조차 놀랄 수준의 실력을 보유하고 있었다.

몸 하나하나가 오로지 암살만을 위해 단련된 것이다.

극독을 몸에 품고, 수많은 뱀을 다루며 적을 통째로 씹어버린다.

아타락시아를 상대하려거든 일류의 살수 스무 명이 아니라 특급 살수, 혹은 10번 대의 대살수들이 직접 움직여야 할 것이었다.

툭!

파아악!

어둠속의 공방.

순식간에 일류의 살수 스무 명의 목숨을 앗아간 아타락시아가 다시금 방에 들어가 무릎을 꿇었다.

"모두 처리했습니다. 나의 주인이시여."

"선물은 잘 받았으니 보답을 해야겠지, 아타락시아."

그리고 침대 위에 걸터앉은 남자, 무영이 말했다.

무영은 처음부터 끝까지 이 상황을 지켜만 보고 있었다.

"예."

"이드랜저. 놈을 죽여라. 지금이라면 가능할 것이다."

"명을 받듭니다."

스스슥.

아타락시아가 모습을 감췄다.

저들의 회합을 무영이 모를 리 없었다.

무영은 이미 성 곳곳에 자신의 힘을 심어놓았다.

저들은 전혀 예상조차 못하고 있겠지만 성에 들어온 건 무영만이 아니란 소리다.

게다가 지금쯤이면 암살에 성공했다며 방심하고 있을 터.

노린다면 지금이 적기다.

암살이 실패했다는 사실이 전해지면 방비가 더욱 두터워질 것이었다.

'살수림을 동원했군.'

무영은 살수들이 입은 옷가지 따위를 바라보았다.

빠드득!

절로 이가 갈렸다.

살수림…….

무영과는 정말 뗄 수 없는 묘한 관계로 묶여 있는 것 같았다.

이드랜저가 죽었다.

"이, 이게 대체……."

"허!"

머리가 잘렸다. 잘린 머리가 입구에 설치된 장대 위에 걸렸다.

이른 아침이 되자 모두가 경악하며 재빨리 사건을 은폐했다.

하지만 이드랜저의 죽음은 대도시에 빠르게 확산되었다. 멘디니의 패배보다 더욱 충격적인 일이었다.

이것은 무영이 그들에게 보내는 경고였다.

허튼 수작 부리지 말라는.

관계자들은 입을 닫을 수밖에 없었다.

무영을 추궁하려면 살수림에 대해서도 자연스럽게 엮인다. 살수림이 드러나면 그들에게도 좋을 게 하나도 없었다.

반면 관계되지 않았던 이들은 이 사건이 조명되길 바랐다.

"태양 길드 안에서 이런 불미스러운 일이라니. 이 일은 나와 화룡 기사단이 전권을 맡고 조사하겠다."

그중 한 명이 태양 길드 제1기사단인 화룡 기사단의 단장 '레논'이었다.

태양 길드 내에서는 청렴결백의 증명처럼 여겨지는 남자.

역시 태양의 인장을 가진 사람 중 한 명!

레논과 그 기사단이 전권을 맡고 사건을 파헤치기 시작한 것이다.

이드랜저의 죽음으로 말미암아 레논은 기회를 잡았다.

화룡 기사단은 태양 길드의 모범이요 가장 큰 기둥 중 하나였다.

하나 청렴결백? 관대한 전사…….

모두 개소리다. 무영은 놈을 잘 알고 있었다.

'욕심 많은 호랑이.'

호랑이는 맞다.

알렉산드로가 대호라면 레논은 그냥 평범한 호랑이 중 하나다.

작은 사냥감을 잡는 데에도 최선을 다하고 틈을 주지 않도록 최선을 다하니.

다만, 욕심이 많을 뿐이다.

겉으로는 칭송받길 원하면서 속내는 시커멓기 그지없는 놈.

지금쯤이면 이드랜저의 죽음을 빌미로 전권을 휘두르며 자신의 입지를 공고히 하고 있을 터였다.

오히려 레논에겐 무영의 행동이 천운으로 다가왔을 테지.

누군가가 사린다면 누군가는 더 치고나가는 법이다.

'어디까지 갈 것이냐.'

무영의 귀와 눈은, 그들은 모르겠지만 이미 태양 길드 곳곳에 심어져 있었다.

저들은 상상조차 하지 못하고 있겠지만 덕분에 레논의 향방도 대충 감을 잡을 수 있었다.

하지만 그런 무영도 레논의 행동이 어디까지 닿을지는 쉽게 예측할 수 없었다.

"이드랜저의 죽음에 동조한 사람을 찾아라! 먼지 하나까지 샅샅이 뒤져!"

"레논! 이게 무슨 짓이냐! 네가 나한테 이럴 수가 있는 거야!"

모두가 경쟁자다.

어제 아군이었다고 오늘도 아군이란 법은 없었다.

레논은 형제의 말을 귓등으로도 듣지 않았다.

"내부에서 우리의 사람이 죽었다. 사사로운 감정으로 이번 일은 묻을 순 없다. 뭐 하느냐!"

물 만난 물고기.

이런 일이 터지길 기다리고 있었다는 듯 레논은 순식간에 주변을 장악했다.

한 번 기세를 탔으니 멈추는 것도 쉽지 않을 것이었다. 그리고 그 기세의 방향이 부길드 마스터에게도 닿았다.

'압둘론.'

알렉산드로를의 뒤를 이은 2인자.

하지만 압둘론은 이미 손과 발이 모두 잘려 나갔다.

그 하나의 권력보다 알렉산드로의 형제자매의 힘이 더욱 뛰어났던 탓이다.

압둘론의 측근들은 알렉산드로가 행방불명이 된 즉시 좌천을 당하거나 멀리 유배되었다.

말하자면 현재 압둘론은 살아 있는 송장과 다를 바 없었다.

하지만, 아무리 그렇다고 하더라도 상징성은 존재했다.

부길드 마스터라는 직위.

압둘론 덕에 태양 길드가 꿈쩍 않고 있는 것이다.

그걸 모두가 알고 있을진대.

어차피 손발 모두 잘라냈으니 더 이상은 불가침으로 남겨 둬도 모두가 원원할 수 있는 구조였지만…….

레논은 끝내 한 발 더 나갔다.

레논이 화룡 기사단과 함께 압둘론의 서재와 집 등을 침범했고 본격적인 조사에 들어갔단 이야기가 순식간에 퍼져 나갔다.

부길드 마스터의 상징성마저 무시한 처사.

그야말로 건들면 죽이겠단 의사를 철저하게 비쳤다.

무소불위.

당장은 레논을 막을 이가 없어 보였다.

알렉산드로가 사라진 지 어언 45일.

앞으로 45일 동안 알렉산드로가 돌아오지 않는다면 대회

의를 통해 차기 길드 마스터를 정하게 된다.

레논이 순식간에 차기 길드 마스터 후보 1위로 오르게 된 것이다.

촤창!

표창이 날아들었다.

무영은 급히 몸을 날려 비탄을 휘둘렀다.

히아신스는 깜짝 놀라서 그대로 굳었지만 무영의 표정은 더할 나위 없이 진지해졌다.

레논의 행보를 눈여겨보는 것만 해도 하루가 부족한데 제 3자가 튀어나온 것이다.

하물며 그들의 정체가 더욱 신경 쓰였다.

'닌자?'

다섯으로 이뤄진 닌자가 이른 대낮에 성으로 들어왔다.

'어떻게 들어온 거지?'

닌자들은 워낙 기상천외한 방법을 많이 써서 무영도 쉽게 감지해 낼 수 없었다.

그래도 방에 들어오기 전에는 눈치챘다. 하여 그들의 공격도 막아낸 것이다.

닌자는 일본에서 넘어온 이들이 만든 조직.

조직의 이름조차 '닌자'였으며 그곳을 움직이는 여자를 무영은 알고 있었다.

오오츠키 유카!

눈앞에 선 다섯 명의 기도나 움직임은 영락없는 닌자였다.

하지만 닌자들이 대관절 왜 히아신스를 노리고 습격을 해 온단 말인가?

닌자는 분명 살수림과는 성향이 달랐다.

애당초 의뢰를 받지도 않았다. 자신들의 이해득실에 따라서만 움직이는 조직이었다.

어쩌면 태양 길드의 내분에 오오츠키 유카가 관여하고 있을 가능성이 있었다.

스슥.

다섯 닌자는 서로의 눈치를 보더니 그대로 물러나기 시작했다.

무영의 민첩함이 심상치 않다는 걸 깨우친 것이다.

"기다려라."

놈들을 그대로 놓칠 수는 없었다.

무영은 짧게 한마디를 남긴 후 닌자들을 쫓았다.

히아신스는 떨리는 가슴을 천천히 부여잡았다.

누군가가 자신을 습격하리란 막연한 생각은 있었지만 실제로 닥치니 혼이 나갈 것만 같았다.

'히아, 강해져야 해.'

스스로를 다그쳤다.

어렸을 적, 어머니가 살아계셨을 적에 자신을 불러주었던 이름을 되뇌며.

고작 이 정도로 떨릴 순 없다고.

그때였다.

사아악.

닌자 한 명이 땅에서 솟구치듯 나타났다.

마치 돌과 융화되어 있는 것처럼 보였다.

토둔술을 익힌 닌자다.

"미안하지만, 우리의 대의를 위해 죽어줘야겠다."

무영이 없는 틈을 노렸다.

히아신스가 이를 꽉 깨물며 치마를 들치고 다리에 묶어둔 단검을 꺼내 들었다.

비록 전투적인 성향은 아니지만 히아신스도 태양 길드의 사람이다.

어느 수준 이상의 무술을 갈고 닦았다.

'유망주'는 아니었지만, 싸우는 방법조차 모르진 않았다.

'살아야 해.'

단검을 휘둘렀다.

하지만 닌자에겐 닿지 않았다.

어느덧 닌자가 땅 속으로 들어가 버린 것이다.

위장이 아니었다. 정말 땅과 융화되어 이동하고 있었다.

히아신스가 급히 주변을 둘러봤다.

하지만 바로 밑에서 손이 튀어나와 발목을 잡는 것마저 파악하고 막아낼 순 없었다.

"……! 놔!"

급히 발을 차냈지만 손은 그대로 히아신스를 끌고 들어가려고 했다.

땅이 늪이 된 것만 같았다.

하지만 끌려가면 돌 속에서 죽으리란 걸 히아신스도 알았다.

알지만, 벗어날 수가 없었다.

전신에서 점점 힘이 빠졌다.

'무영 님.'

그 이름이 가장 먼저 떠올랐지만 그는 지금 이 자리에 없었다.

푹!

히아신스는 눈을 질끈 감았다.

하나 더 이상 발이 빨리는 느낌이 없었다.

이에 의아함을 느끼고 눈을 뜨자 한 사람이 히아신스의 앞에 서있었다.

"아……! 무영 님!"

무영이었다.

하지만 무영은 답하지 않았다.

닌자의 머리 위에 검을 꽂고 그대로 비탄을 털어낸 뒤 무표정하기 짝이 없는 얼굴로 가만히 서 있었던 것이다.

히아신스를 위한 배려 같은 건 전혀 없었다.

그래도 좋았다.

위험한 순간에 나타난 그녀만의 호위무사.

이 상황에서 가슴이 아릿하지 않으면 소녀가 아니다.

애써 떨리는 마음을 다잡으며 히아신스가 물었다.

"다, 다른 닌자들은요?"

"……."

무영은 끝까지 묵묵부답이었다.

'생각할 게 많으신가 보다.'

히아신스는 깊게 생각하지 않았다.

어쩌면 닌자들을 잡는 것보다 자신의 안위가 걱정되어서 그냥 왔을 수도 있다.

그게 못내 감동스러웠다.

"고마워요. 그, 그런데 저 좀 빼주실래요?"

절반 정도 발이 빠졌다. 그대로 빠져나가기가 힘든 상황.

하지만 무영은 움직이지 않았다.

여전히 생각이 깊은 것 같았다.

그렇다면 방해할 수는 없었다.

"알겠어요. 이쯤은 제가 해볼게요."

히아신스가 끙끙대며 발과의 사투를 시작했다.

무영은 계속해서 닌자들을 쫓았다.

'혼의 꼬리.'

분신 하나를 히아신스에게 보내놓는 철두철미함마저 보였다.

그리고 조용히 닌자들이 어디로 향하는지 지켜보았다.

닌자들은 신속하게 흩어졌고 무영이 따라잡지 못하게 만들었지만 과거 무영이 누구였는지 알았다면 이런 행동 따위는 하지 않았을 것이다.

그 자리에서 자결하거나 그대로 무영에게 죽었겠지.

하지만 저들은 무영의 과거를 모른다.

하여, 무영은 보다 쉽게 닌자들의 종착점을 알아낼 수 있었다.

'레논……'

놀랍게도 그 종착점에는 레논이 있었다.

어느새 닌자들과 결탁을 한 것인지, 아니면 이미 닌자들과 한통속이었던 것인지는 모르겠지만 기분이 좋지만은 않았다.

"실패했다고?"

"방해꾼이 있었습니다. 우회해서 히아신스만을 죽이려 했지만 이미 눈치를 챘는지 돌아왔더군요. 동료와 신호가 끊겼습니다."

"보나마나 무영, 그놈이겠지."

레논이 턱을 쓸다가 이어서 말했다.

"알렉산드로의 행방은 알아보았느냐?"

"아직……."

"젠장. 설마 우리들이 파놓은 덫을 알아보고 미리 도망친 건 아니겠지."

"레논 님, 더 이상의 발언은."

"안다. 그러나 이곳에 누가 들어오겠느냐? 나, 레논이 지키는 이 방에 말이다."

"……압둘론은 어쩌시겠습니까?"

"그 늙은 너구리는 죽일 수 없다. 분명히 수족을 전부 잘라냈는데도 묘한 자신감이 있단 말이지. 아직 꺼내지 않은 패가 더 있는 듯하다. 그것도 한번 알아보아라."

"알겠습니다."

"이 일이 끝나면 유카와 너희들의 공로를 잊지 않을 것이다."

"하!"

닌자들이 한 차례 고개를 숙이고 조용히 방을 벗어났다.

그들이 성 내로 잠입할 수 있었던 이유가 밝혀졌다.

하지만 레논이 닌자들과 결탁한 모습을 본 건 처음이었다.

그만큼 레논도 신중하다는 뜻이었다.

'닌자, 레논, 압둘론, 사령세가, 그리고 알렉산드로.'

모든 일이 교묘하게 맞춰진 채 돌아가는 듯했다.

무영의 기억이 맞는다면 알렉산드로는 죽지 않았다.

하지만 이토록 안 나타나는 걸 보면 분명히 이상한 일이었다.

미래가 조금은 바뀐 것 같았다.

'감시를 좀 더 강화해야겠군.'

감시의 범위를 넓혀야겠다.

무영은 고개를 끄덕이며 신속히 자리에서 벗어났다.

기세를 탔다.

레논을 보며 무영은 생각했다.

행동은 무영이 하고 이득은 레논이 전부 챙기고 있는 형상.

"받아라."

무영은 히아신스에게 인장을 넘겼다.

더는 시간을 끌고 있을 여유가 없었다.

방에서 한숨을 내쉬던 히아신스가 눈을 동그랗게 떴다.

"이게 웬 인장이에요?"

"이드랜저의 것이다. 레논이 그의 방을 조사하기 전에 내가 먼저 찾았다."

히아신스가 입을 쩍 벌렸다.

"이, 이게 발각되었다간 큰일이 날 거예요."

"지금 걸린다면 그렇겠지. 하나 이드랜저는 그 인장을 너에게 양도했다."

"양도 했다고요?"

"자필로 써진 편지가 있더군."

무영이 품에서 편지 한 장을 건넸다.

히아신스는 받은 즉시 편지를 뜯고 글귀를 읽어 내려갔다.

그럴수록 몸의 떨림이 커졌다.

"정말 이드랜저 오라버니의 자필이군요. 거기에 도장까지……. 하지만 이해가 안 돼요. 어째서 이드랜저 오라버니가 인장을 저에게 양도했을까요?"

갑자기 나타난 닌자부터 모든 게 쉽게 이해가 가지 않았다.

카오스란 단어가 이처럼 어울리는 일도 없을 것이다.

살짝 의심이 섞인 눈초리로 히아신스가 무영을 바라봤다.

무영은 어깨만 으쓱해 보일 따름이었다.

아타락시아에게 시켜서 이드랜저를 조종했단 말을 할 수는 없었다.

'유용하군.'

아타락시아가 다루는 뱀은 종류가 많았다.

일반 독부터 환각을 보게 만드는 독, 마음을 움직이는 독 등 숫자를 세기가 어려울 정도였다.

이드랜저를 다루는 것쯤은 식은 죽 먹기였다.

하지만 그걸 히아신스에게 그대로 말할 수는 없는 노릇.

"사람은 죽기 전에 각성하기도 하지. 네가 보아온 형제자매들의 모습과 지금의 모습이 같지 않은 것과 비슷한 일 아니겠나?"

알렉산드로가 사라진 뒤, 히아신스의 형제자매들은 바뀌었다.

원래의 성격이 드러난 것이라고 생각하는 게 맞겠지만.

이런 비유를 듣자 히아신스도 고개를 푹 숙여 버렸다.

"하지만 제가 이 인장을 갖고 있는 걸 레논 오라버니가 알게 되면 그냥 넘어가진 않을 거예요."

"인장은 힘이지. 두 개는 불안하지만, 몇 개의 인장을 더 모으면 아무리 그라도 무시할 순 없을 거다."

레논이 폭풍처럼 몰아붙이는 이유다.

인장을 모을 틈을 주지 않으려는 것이었다.

"어떻게요?"

"검의 재판을 계속 열어라."

"검의…… 재판을요? 명분이 없어요."

"명분은 만들면 그만이다."

히아신스가 물음표를 그리며 무영을 바라봤다.

그래도 '하지 않겠다'는 말은 하지 않아서 다행이었다.

히아신스 나름대로 이미 마음을 굳힌 듯싶었다.

게다가 이대로 가만히 있으면 레논의 독주를 막을 수 없다. 닌자들과 결탁한 사실도 알았으니 이제 행동으로 옮길 차례였다.

'일이 재밌게 돌아가는군.'

그야말로 아수라장이었다.

누가 적이고 아군인지 알 수가 없다.

하루아침에 판도가 바뀌어도 지금 상황에선 전혀 이상하지 않았다.

무영은 입가를 씰룩이며 다음 행로를 떠올렸다.

'명분은 만들면 그만이다.'

무영에게 있어선 그다지 어렵지만도 않은 일이었다.

높은 위치에 오랫동안 있었던 사람일수록 주변의 시선을 신경 쓰게 마련이다.

하여 이미지 메이킹을 위해 투자를 아끼지 않는다.

무영은 검의 재판이 계속해서 열리길 바랐고 그를 위해 한 가지 수를 냈다.

바로 '소문'이다.

"들었어? 알렉산드로 님의 행방불명에 이드랜저 도련님이 관여하고 있었대."

"이드랜저 도련님이? 난 레논 님이라고 들었는데?"

"아만다 님께선 살수림과 내통하고 있었다고…….."

"세상에! 그 천벌받을 곳이랑 말이야?"

악의적인 소문.

하지만 과연 '악의'만 있는 걸까?

모두 사실에 근거한 이야기이다. 100% 다 들어맞진 않지만 속으론 뜨끔할 그러한 소문. 가뜩이나 태양 길드는 세간의 주목을 받고 있는 상태였다.

소문은 날개 돋친 듯 뻗어 나갔다.

당연히 당사자들은 한사코 부정했다.

"사실무근입니다. 제가 무슨 이유로 살수림과 내통하겠습니까?"

"헛소문을 퍼뜨린 자를 찾아내 엄벌하겠소!"

히아신스를 제외한 모두의 발등에 불이 떨어졌다.

지금 같은 상황에서 이런 소문은 적대 세력에 명분만 내어주는 꼴이었다. 태양 길드가 아무리 최강의 조직이래도 그곳을 노리는 곳이 없진 않았으니까.

오히려 잘 되었다는 듯 물어뜯는 곳이 천지였다.

그러한 상황 속에서 히아신스가 움직였다.

히아신스는 유일하게 '청렴결백'이라는 단어가 어울리는 소녀였다. 모든 더러운 소문과 일에서 히아신스만은 결백했다.

다른 이들은 쉬쉬해도 히아신스만은 유일하게 움직일 수 있는 이유였다.

"얼마 전, 저를 공격한 암살자들이 있었습니다. 바로 살수림의 살수들이었죠. 둘째 언니, 그렇게 저를 죽이고 싶었나요?"

히아신스가 역으로 공격을 시작한 것이다.

둘째 언니라고 불린 여인의 표정이 백짓장처럼 하얘졌다.

"그건 네 오해다. 누군가가 잘못된 소문을 퍼뜨린 거라는 거, 너도 잘 알잖니?"

"과연 소문일까요? 그럼 이 증거들은 뭐죠? 저를 공격한 암살자의 품에서 찾은 물건이에요."

반지였다.

그것도 다이아몬드로 만들어진 고가의 희귀품이었다. 그곳에 새겨진 문양, 드워프의 솜씨가 가미된 보물 중의 보물이다. 이 반지의 소유자가 여인이라는 건 형제자매 모두가 안다.

"저, 저게 어떻게?"

"이래도 발뺌하실 건가요?"

"나는 아니야! 왜 그 반지를 네가 가지고 있는지 모르겠다만 그렇다고 내가 살수림과 내통을 하다니 말도 안 되는 일이야."

사실 저 증거물은 무영이 가져온 것이다.

그러나 여인이 살수림과 통하고 있다는 건 사실이었다.

아니, 따지고 보면 태양 길드의 간부층이라면 살수림과 어떻게든 연결이 되어 있다고 봐야 한다.

어떻게 증명할 것인가?

여인이 살수림을 통해 히아신스를 죽이려고 하진 않았다.

어디까지나 무영을 죽이려 한 것이지만, 무영이 죽으면 히아신스가 죽는 것과 같다.

히아신스는 굳은 표정으로 말했다.

"둘째 언니, 검의 재판을 신청하겠습니다. 시시비비는 그 곳에서 가리지요."

"너…… 미쳤니? 네가 그러고도 멀쩡할 수 있을 것 같애!"

"일주일 뒤에 봬요."

히아신스는 뒤에서 뿜어져 나오는 악의와 욕설을 애써 무시하며 발길을 옮겼다.

덜덜덜!

여인이 시야에서 사라진 순간, 히아신스의 어깨가 떨려 왔다.

무영은 조심히 어깨에 손을 올렸다.

"잘했다."

"그냥, 조금 오한이 드는 것뿐이에요. 겁을 먹은 게 아니에요."

"안다."

굳센 모습이 가면일지라도 지금은 써야 할 때다.

재판이 열리고 무영의 상대로 지목된 이는 '역전의 투사 루카스'였다.

창을 들고, 투척을 즐겨하지만 근접에서도 약하지 않은 노병.

'현자의 공방'에서는 매년 '가장 강한 300인'이란 책을 내어, 공식적으로 서열 300위권 인물의 순위를 매겨서 책정하는데 역전의 투사 루카스는 정확히 277위에 랭크되어 있었다.

현자라고 칭해지는 이들이 머리를 짜내어 결정한 순위다.

그 순위는 매년 한 번씩 갱신되지만 루카스는 오랜 시간 동안 300위권 내에 포함되어 있었다.

그만큼 강하다는 뜻이다.

일전에 상대한 바스티우보다 한 급은 높은 상대.

이번 역시 모두가 루카스의 승리를 점쳤다.

퍼어억!

쿵!

……지금 날아가는 게 무영이 아니라 루카스라는 게 유감일 따름이었다.

무영은 벽에 박힌 루카스가 기절한 것을 확인하고 한쪽 손을 들어 올렸다.

승리의 표시.

하지만 대전장은 여전히 썰렁했다.

277위에 랭크된 '진짜 강자'마저 처리한 것이다.

정말 위명의 기사란 말인가?

역전의 투사라고 불리는 루카스가 선전을 하긴 했지만 간발의 차이로 졌다.

모두가 안다. 오히려 중반까진 루카스가 유리했단 걸.

'가속을 사용하지 않고는 이 정도가 한계로군.'

무영도 상처를 입었다.

하지만, 지금껏 결을 읽거나 시간의 가속화를 사용하지 않았다.

순수 무력으로 바스티우와 루카스를 이겼다.

"이, 이건 거짓말이야! 있을 수 없는 일!"

여인이 울부짖었다.

승패의 결과를 믿고 싶지 않을 테지.

하지만 이미 벌어진 일이었고 저 여인은 모든 걸 잃었다.

히아신스는 얌전히 전율하고 있었다. 하지만 자신의 본분을 잊지 않았다.

다른 이들을 도발적으로 노려보는 것.

'다음 사냥감은 너다'라는 인식을 주는 것!

그것이 히아신스가 해야 할 일이었다.

나머지 형제자매들의 표정도 덩달아 뭐 씹은 것처럼 변했다.

개중에는 무영의 상처를 보고 바로 다음 도전을 해오는 자도 있을 터였다.

'다 잡아먹어주마.'

무영은 내심 웃었다.

태양 길드.

알렉산드로가 버티고 있는 이곳은 철옹성이었다.

무영이 끼어든다고 흔들릴 일은 결코 없었다.

하지만 그가 없는 태양 길드는 속 빈 강정과 같았다.

스스스슥!

적강시 한 구가 바스러진다.

배승민이 손을 뻗자 검은 고리가 뛰쳐나가 주변의 적강시를 묶었다.

적강시는 흑강시보다 한 단계 낮은 급으로써 그 숫자가 아무리 많다고 하더라도 아크 리치인 배승민을 어찌할 순 없었다.

"너흰 누구냐? 누군데 우리의 일을 방해하는 거지?"

강시술사의 목소리는 한 치의 떨림도 없었다.

하지만 답을 해줄 리 만무.

"죽은 다음에 알아보려무나."

타칸이 죽음을 선고했다.

강시술사조차 인지하지 못한 그 찰나의 시간에 전신이 난도질을 당했다.

수십, 수백 갈레로 몸이 찢어지며 그대로 조각난 것이다.

모든 적을 소탕한 뒤 그 광경을 보고 배승민이 입을 열었다.

"검술이 진일보했군."

"흥, 이 정도로는 멀었다."

"그러고 보니 내가 듣기로 너는 원래 떠나기로 약속이 되어 있다고 들었다. 왜 떠나지 않는 거지?"

타칸이 검을 집어넣고는 배승민을 위협하며 노려봤다.

"처음에는 떠나려고 했다. 무영, 그놈은 나보다 한참 약했고 단지 내 약점을 쥐고 있었을 뿐이었으니까."

"지금은?"

"순식간에 추월당했다. 하물며 놈은 기상천외한 기술마저 익혔지. 그것을 내 것으로 만들기 전엔 떠나고 싶어도 떠날 수 없다!"

타칸은 이를 갈았다.

무영 자체가 타칸의 약점이 되어 버린 것이다.

그 시간을 다루는 기술과 결을 보는 기술을 자신의 것으로 만들었다면 미련 없이 떠났겠지만 두 기술만은 무슨 짓을 해도 가져오는 게 불가능했다.

다만 그 과정에서 검술 실력이 오르긴 하였다.

"전사의 비애로군."

배승민이 짧게 함축했다.

그는 전사가 아니었으므로 타칸의 마음을 제대로 이해할 순 없었다.

"그보다 서두르자. 표식이 사라지기 전에 다음을 봐야 한다."

타칸이 부질없다는 듯 고개를 저으며 강시술사의 몸을 뒤졌다.

놈들의 몸에는 각기 다른 표식이 있었고 그것을 해석하면 다음 예정지를 알 수 있었다.

하지만 그림 전체를 훑을 순 없었다.

사령세가는 철저히 점조직처럼 활동하고 있었다.

이어 강시술사의 몸에 난 표식을 확인한 배승민이 고개를 주억거렸다.

"다음은…… 하늘 도서관이로군."

여섯 개.

모은 인장의 숫자다.

과반수는 아니지만, 인장 여섯 개는 모든 의견을 좌지우지할 수 있는 숫자이자 힘이었다.

무영이 한계라고 생각하며 검의 재판을 열었던 이들이 한결같이 패배한 탓이다.

이쯤 되자 그들도 이상함을 깨달을 수밖에 없었다.

무영도 마지막엔 '4배 가속'을 사용했고 남은 이들도 무영의 힘이 여태까지 보았던 게 전부가 아니란 걸 깨달았다.

그 뒤론 몸을 사리는 중이었다.

그러나 인장이 여섯 개가 있으면 '숨겨진 방'에 들어가는 것조차 가능했다.

"원래 이곳은 길드 마스터에게만 허락된 장소예요. 특수 정보기관에서 모은 정보를 다 이곳으로 내리죠."

히아신스가 긴장하며 말했다.

길드의 지하.

수많은 보안을 해제하고 인증을 받고 나서야 겨우 도착한 장소.

무영의 눈앞으로 수많은 문서가 휘날리고 있었다.

파이프와 같은 게 무수히 연결되어 있었는데 지금도 계속해서 보안을 요하는 문서들이 옮겨지는 중이었다.

'여기다.'

무영이 그토록 들어오고 싶어 했던 장소가 이곳이다.

모든 정보가 총망라 되어 있는 곳!

무영은 과거로 돌아왔으나 그 기억은 완벽하지 않았다.

지금 시기에 무영이 활동하지 않았기 때문이다.

살수림에 납치되어 십여 년이 지나고 처음 나왔을 정도였다.

대혼돈이 시작되기 직전부터의 정보가 전부였고, 나머진 고작 상태창 시계의 히스토리로 확인했을 뿐이었다.

'알렉산드로의 행방도 분명히 알 수 있을 것이다.'

태양 길드의 정보기관은 셀 수 없이 많다.

모두가 개별적이고 중립적이며 각기 다른 권한을 갖는다.

그들을 움직일 수 있는 건 오로지 길드 마스터인 알렉산드로밖에 없었다.

"무영 님, 그리고 부디 이걸…… 받아주세요."

히아신스가 조심스럽게 귀걸이 한쪽을 건넸다.

무영은 그것을 내려다보다가 내심 놀랄 수밖에 없었다.

'이게 태양 길드에 있었나.'

귀걸이에 집중하자 관련된 정보가 떠올랐다.

명칭: 정복자의 귀걸이

등급: A++

내구: 55,000

분류: 장착형

효과: 정복자의 필수품

* 순수 지능과 지혜의 합이 400이상이면 착용 가능.

* 정복한 영토의 숫자, 혹은 수준이 높을수록 재생력이 증대된다.(+177%)

* 지능+20

* 지혜+20

** 약자멸시 반지와 함께 착용 시 '마법저항 +50'과 함께 '황야' 스킬 사용 가능.

"A급 창구를 돌다가 우연히 발견했어요. 무영 님이 착용하고 계신 반지가 약자멸시 맞죠? 아, 오해는 마세요. 저는 정보를 그림으로 볼 수 있어요."

히아신스가 조심스럽게 말했다.

약자멸시의 반지가 어떻게 생긴 것인지 그림으로 확인했고, 그게 무영이 착용한 것과 같았기에 가져왔단 뜻이었다.

하지만, 단순히 우연은 아닐 것이다.

태양 길드가 소유한 창구는 하나같이 압도적으로 크다.

A급 창구라고 다르진 않다.

모든 A랭크 무구가 뛰어난 건 아니지만 어쨌든 그만한 판정을 받으면 모두 창구 안에 들여놓기 때문이다.

몇 날 며칠 밤을 새어가며 무영에게 도움이 될 무구를 찾았으리라.

눈 밑의 거뭇거뭇한 그늘이 진실을 알려주고 있었다.

"고맙다."

스스로 찾고자 했으면 시간을 한참이나 잡아먹었을 터.

귀걸이를 착용하자 몸이 조금 더 단단해지는 느낌을 받았다.

〈'약자멸시'와 '정복자의 귀걸이'를 착용했습니다.〉
〈세트 효과가 발동됩니다.〉
〈'황야'는 랭크가 없는 고유 결계용 스킬입니다.〉

고유 결계!

무영에게 맞춰지는 특수한 결계를 뜻함이다.

사용하기에 따라서 어떤 상황이라도 뒤집을 수 있는 힘이 '고유 결계'에 있었다.

뜻밖의 소득.

무영은 히아신스의 머리에 한 차례 손을 올린 뒤, 계속해서 문서를 찾기 시작했다.

그렇게 반나절이 지나도록 종이의 산을 뒤졌다.

'허.'

그리고 뜻밖의 사실을 알게 되었다.

'여기서 찾게 될 줄은 몰랐군.'

무영의 눈빛이 더욱 깊어졌다.

타칸과 배승민이 하늘 도서관에 올랐다.

모두의 이목을 피하는 것쯤은 간단한 일.

하지만 그곳에서 만난 이는 배승민과 타칸의 예상을 한참 웃돌기에 충분했다.

"아수라의 기운이 느껴지는구나. 네놈들은 아수라의 부하 렸다?"

디디딩.

비파를 튕기며 나타난 남자가 있었다.

터번을 눌러쓰고, 심상치 않은 분위기를 풍겨댔다.

"보아하니 너희가 우리의 대업을 방해한 놈들이구나. 허허."

얼굴은 젊었지만 목소리나 톤은 늙은이가 따로 없었다.

남자가 비파를 튕기자 주변 환경이 바뀌며 결계가 생성되었다.

"고유 결계……."

배승민이 당했다는 듯 말했다.

설마 이처럼 빠르게 결계를 발동시킬 줄은 배승민조차 예상하지 못했다.

"너, 뭐냐?"

타칸이 물었다.

이 요상한 기운을 도저히 종잡을 수가 없었던 것이다.

타칸조차도 처음 느끼는 기운이었다.

주변의 세계가 점차 남자의 색깔로 물들어 갔다.

그러자 비파를 든 남자가 웃으며 말했다.

"나는 천마신교의 교주이자 팔부신중 마후라가의 후신인 '월하'라고 한다."

34장
천마신교

무영은 조금 더 창구를 살펴보다가 발걸음을 옮겼다.

'알렉산드로. 어째서 네가 몸을 숨겼는지 이제야 알았다.'

사령세가와 태양 길드가 얽힌 이야기다.

하지만 무영의 기억 속 정보와 조금은 다른 노선을 타고 있었다.

이 사건, 그러니까 사령세가가 침투하여 일을 벌이는 건 본래 실패로 끝난다.

제대로 시작하기도 전에 역풍을 맞고 조용히 마무리된다.

모든 세가와 길드가 힘을 합쳐 몰아냈던 것이다.

하지만, 이번엔 힘을 합치지 못했다. 사전에 처리하지 못했다.

그 결과 사령세가가 대도시의 중심부 깊숙한 곳까지 침투

하였다.

'나비효과도 이런 나비효과가 없군.'

아홉 길드 중 태양 길드가 중심이라면 오대세가는 무율세가가 중심을 잡고 있었다.

한데 무율세가는 쉽사리 움직이지 못하는 상황이다. 고대의 정령, '뒤섞인 공포'의 건으로 상당히 위축되어 있었다.

무율세가가 힘을 싣지 못하자 나머지 세가들도 눈치를 봤다.

사령세가를 굳이 적으로 돌리지 않으려는 움직임이 있었다.

분열된 힘은 파고들기 좋다.

알렉산드로는 그 사실을 사전에 파악한 것이다.

그 능구렁이 같은 자가 아무 생각 없이 몸을 숨길 리 없었다.

'알렉산드로는 태양 길드의 지보인 태양의 거울을 가지고 움직이는 중이다. 사령세가의 궁극적인 목표를 저지하고 그 힘을 온전히 빼앗기 위해서.'

한마디로 독식을 하고자 자취를 감췄다는 뜻이다.

그가 그래야 할 정도의 일이 무엇이 있을까?

대도시의 왕으로 군림하는 그조차 군침이 돌게 만든 물건을 사령세가가 가지고 있다는 의미였다.

그리고 그게 무엇인지 이제는 무영도 알았다.

스릉.

무영의 손이 비탄에 닿았다.

태양 길드가 문제가 아니었다.

'천마신교의 교주. 팔부신중 마후라가의 전승자.'

놈이 마지막 배후다.

사령세가도 결국엔 놈이 조종하는 말일 뿐이다.

'어디선가 많이 들어봤다고 생각했지.'

천마신교. 그런 집단은 마계에 없다. 없었다.

하지만 어느 날 불현듯 나타났다.

대혼돈이 일어난 뒤의 일이다.

거대한 성을 세우고 사람들을 현혹하여 신성 도시 뮬라란마저 뛰어넘었다.

이에 이단 심판관이 이천의 병력을 끌고 천마신교를 찾아가 피살된 사건이 벌어지며 '신성 전쟁'이라 망명된 거대한 전쟁이 시작된다.

하나 결판은 쉽게 나지 않았다.

5만의 성기사와 10만의 사제, 성자와 성녀 모두가 합세했음에도 말이다.

신생 교단이라 하기엔 천마신교가 지나치게 강했다.

그리고 그 강함의 밑바탕이 되어준 건…….

'놈은 악마를 사육한다.'

악마다.

교주, 월하는 악마를 다루는 법을 안다.

한때는 마왕이 아니냔 소문마저 돌았지만 놈의 절반은 인간이다.

악마와 피를 섞은, 또한 초월체였다.

결국 신성 도시 뮬라란이 승리하긴 하였으나 덕분에 마왕과 마신들의 침범이 이뤄질 때 그들은 큰 힘을 발휘하지 못했다.

그러니까 지금 잡아야 한다.

지금 놓치면 앞으로 10년은 찾을 수 없고 대혼돈 이후 인류의 힘을 약화시키는 데 큰 공조를 할 것이었다.

무영의 눈빛이 더욱 날카로워졌다.

천마신교의 교주 월하가 노리는 건 하나다.

'천마.'

하늘의 마.

악의 원류.

팔부신중을 모두 모으면 부처가 소환된다고 하였던가?

부처가 소환되어서 인류를 구제할 거라고. 그런 기밀정보가 있었다.

천마 역시 비슷한 맥락이다.

하늘에서 진정한 마가 내려와 인류를 구제한다.

그 구제의 방식이 '살육'으로 점철되어 있다는 점이 달랐다.

'놈은 지금 대도시를 제물로 그걸 소환하려 하고 있다.'

온갖 던전에 시련을 만든 건 연습이다.

놈은 지금 대도시에 '천마의 시련'을 새기려고 하고 있는 것이다.

그게 새겨지면, 무영도 결과를 확언할 순 없지만 대도시가 사라지는 수준의 재앙이 일어날 터였다.

누구도 막지 못하리라.

'내 기억이 확실하다면 알렉산드로는 이 일을 못 막는다.'

월하는 초월자다. 인간이되 인간이 아니다.

알렉산드로가 10강에 든다고 하더라도 월하를 이길 순 없다.

태양의 거울로 일발역전을 노려볼 순 있겠지만 무영이 기억하는 월하는, 빈틈이 없다.

암살 불가 판정의 대상이었다.

물론 알렉산드로의 의도는 알겠다.

자신이 태양 길드를 비우면 사령세가 더욱 설칠 것이고 그 배후인 월하가 모습을 드러낼 것이다.

거기까진 맞았지만 알렉산드로의 오판은 상대의 강함을 확인하지 못했다는 점이다.

무영이야 기억으로 알고 있지만 사실 알 방법이 없기도 했다.

'내가…… 막아야겠군.'

지금 이 사실을 제대로 인지한 사람이 무영밖에 없었다.

하나 이대로 나뒀다간 무영까지 휩쓸린다.

그런 일은 사절이었다.

천마신교의 교주 월하를 죽이고 아수라와의 약속을 지킨다.

그리고 알렉산드로가 얻으려한 진짜가 무엇인지 확인한 뒤 그것을 가로챘다.

무영은 이 두 가지만 하면 족했다.

결계는 누군가의 침입을 막는 용도다.

그리고 고유 결계는 세상의 침입을 막는다.

자신만의 색깔로 공간을 채워 넣으며 상대방을 질식사시키는 것이다.

"대단하구나. 아수라의 부하라는 게 아까울 정도야."

월하는 느긋했다.

반면 배승민과 타칸은 만신창이였다.

전신이 그을리고 뼈마디가 나갔다.

그나마 계속해서 싸울 수 있는 건 지나온 시간 동안 둘의 실력이 크게 늘었기 때문이다.

그래. 늘었다.

하지만 부족하다.

저 괴물…… 월하를 죽이기엔.

"누가 더 아깝냐?"

타칸이 검을 제대로 쥐었다.

이 결계 안엔 악마가 득실댄다. 새까만 박쥐 떼처럼 수만은 될 듯싶었다. 이 고유 결계 안에서 월하가 사육하는 악마들이다.

죽여도 죽여도 끝이 없다.

덕분에 월하의 털끝자락 하나 건드리지 못했다.

"굳이 따지자면 리치 쪽이 더 아깝군."

"크흐흐! 네놈의 눈이 삐었구나! 악령 포식자 타칸 님을 얕잡아 보다간 큰코다칠 것이다."

"너희 둘 모두 그냥 죽이긴 아깝다. 내 의식을 받고 휘하로 들어오는 게 어떠냐?"

"의식?"

"천마님의 은총이다. 모든 시름과 걱정을 잊게 되지. 진정한 무릉도원으로 초대되는 일. 더한 행복을 선사하마."

사이비가 따로 없다.

겉으로는 같아 보이지만 근본적으로 너무 다르다.

아마도 저 의식이란 건 세뇌를 뜻하는 것 같았다.

"내가 너 따위에게 세뇌될 것 같으냐?"

악령 포식자 타칸.

그는 수많은 악령을 포식한 악령의 왕이고 공포다.

비록 현세로 오며 힘이 많이 떨어졌지만 자신의 의지마저 죽진 않았다.

질 것 같으니 등을 돌린다?

그야 타칸은 무영에게 그다지 지킬 게 없었다.

놈은 그저 부려먹을 뿐이었으므로.

하지만, 무영은 아수라의 전승자다.

아수라. 모든 괴물의 왕.

악령의 왕과는 비교도 안 되는 진정한 군주!

그 전승자이니 일말의 의리 정도는 지킬 필요가 있었다.

"리치, 너도 저 뼈다귀와 같은 생각인가?"

"……."

배승민은 답하지 않았다. 이 결계의 구조를 파악하고 빠져나갈 방법을 궁리할 뿐이었다.

뒤섞인 공포로 활동하고 배승민은 놈의 영혼을 뒤집어썼다.

뒤섞인 공포는 고대의 정령이다.

세계수를 흡수해 반신의 경지에 이른 적도 있는 괴물이었다. 당연히 그 영혼에 새겨진 삼라만상은 평범한 인지를 초월해 있었다.

다만, 뇌에 무리가 가서 어지간하면 쓰지 않을 뿐.

그러나 지금은 다르다.

'둘은 불가.'

결계의 허점을 읽어내고 구조를 파악했다.

허점이, 있었다.

하지만 둘 모두 빠져나갈 순 없었다.

배승민이 타칸을 바라봤다. 눈빛을 교환한 것만으로도 타칸은 배승민의 의도를 이해했다.

"아쉽군."

월하가 입맛을 다시며 악마들을 부렸다.

타칸이 배승민에게 조용히 말했다.

"전해라. 함께 있었던 시간은 짧았지만, 퍽 재밌었노라고."

아수라도에선 경험하지 못한 일들.

모험과 짜릿함이 있었다.

무영의 행보로 말미암아 전율을 느끼기도 하였으며 가끔 시샘도 났다.

하루가 다르게 강해지는 무영에게 말이다.

짧게나마 현세를 경험할 수 있어서 좋았다.

역시, 죽은 자들 사이에 있는 것보단 산 자들 사이에 있는 게 더 재미있다.

'내가 왜 악령의 왕이라 불렸는지 깨닫게 해주마.'

예전, 검골 삼형제에게 나가떨어진 때와 지금은 비교할 수 없었다.

그만큼 강해졌다.

그들 모두의 기술을 흡수하고 자신의 것으로 만들었다.

지금이라면 다시 검일과 싸워도 좋은 승부를 이룰 수 있을 듯하다.

'무영. 놈과 겨뤄보지 못한 게 조금 아쉽군.'

미련이 없진 않았다.

하지만 이제는 지난 이야기.

"알았다."

배승민이 고개를 끄덕였다.

그러자 타칸은 앞서 나가며 길을 만들었다.

"덤벼라! 이 오합지졸들아!"

툭.

둘의 신호가 끊겼다.

배승민, 그리고 타칸.

'당했다?'

무영의 표정이 삽시간에 굳었다.

둘을 처리할 자. 사령세가에서도 극히 드물다.

기껏해야 흉비쉬 정도다.

하지만 흉비쉬도 둘을 동시에 상대하고 죽이긴 거의 불가할 터인데.

'배승민과 타칸의 심상이 들어오지 않는다.'

이상한 일이었다.

언데드가 죽으면, 죽기 직전 경험한 이미지가 무영의 머릿속에 들어오게 되어 있었다.

이는 데스 로드의 권능 중 하나다.

하지만 아무런 심상도 들어오지 않았다.

그저 난데없이 둘과 이어진 선이 끊겨진 게 느껴졌을 따름이다.

'권능을 상쇄할 수 있는 자.'

하물며 그게 데스 로드의 권능이라면……

초월종밖에 없다.

인간들 중에서 초월의 경지에 이른 자는 현재 없었다.

그러나 의심 가는 자는 한 명 있다.

'월하.'

월하. 놈은 10년 뒤 등장할 때부터 초월자였다.

당연히 지금도 그와 비슷하거나 조금 낮은 수준일 것이다.

빠드득!

무영은 이를 갈았다.

배승민과 타칸을 잃은 건 뼈아픈 실책이었다.

하지만 그대로 주저하고 있을 순 없는 노릇.

'하늘 도서관으로 향한 건 확실하다.'

그래도 어디로 향했는지는 알 수 있었다.

이어진 선이 그곳까지 놓여 있었던 것이다.

하나 하늘 도서관에 자리를 잡았다면 무영 혼자 올라가긴 무리다.

"압둘론."

그래서 무영은 태양 길드로 돌아와 히아신스와 함께 압둘론을 찾아갔다.

압둘론은 태양 길드의 부길드 마스터.

그의 방은 지키는 자조차 없었다.

히아신스의 형제자매들에 의해 손과 팔이 전부 잘린 탓이다.

"너는 무영…… 그리고 히아신스 님?"

압둘론이 하얀 가운을 입고 급히 고개를 숙였다.

무영은 히아신스를 대신해 입을 열었다.

"지금 대도시는 큰 위험에 처했다. 사령세가의 침투는 너도 알고 있겠지."

압둘론의 표정이 굳었다.

무영의 반말은 차차하고 어째서 사령세가의 일까지 아는지가 의문이었던 것이다.

알고 왔다면 거짓도 무용하다.

"알고 있다면?"

"사령세가의 본거지를 찾았다."

"정말인가!"

"하늘 도서관이다. 하지만 우리만으로는 해결할 수 없다. 태양 길드의 모든 병력을 움직여야 한다."

"내겐 그럴 힘이 없다."

"권한은 있겠지."

"어디 명목뿐인 권한으로 세상이 돌아가는 줄 아느냐?"

무영은 고개를 저었다.

그러자 히아신스가 나섰다.

"제가 도와드릴게요. 인장 여섯 개의 힘이라면 충분하겠지요."

압둘론이 히아신스를 바라보곤 작게 한숨을 내쉬었다.

"히아신스 님, 과반이 넘어야 합니다. 최소 8개가 있어야 제 권한도, 명분도 힘을 얻습니다."

"두 개가 부족하군요. 알았어요. 금방 모아드리죠."

"히아신스 님……? 어찌 말씀입니까."

"깨달은 게 있어요. 절대 약한 척하면 안 된다는 거. 지켜보세요."

히아신스가 즉시 몸을 돌렸다.

두 개의 인장을 구하는 건 일도 아니라는 듯이.

히아신스의 변화를 보고 무영도 내심 감탄했다.

'성장하고 있군.'

예의 나약한 소녀는 조금씩 어른이 되어가고 있었다.

이 역시 성장이라 할 수 있으리라.

배승민이 눈을 떴다.

고유 결계를 찢고 나온 것을 마지막으로 모든 신성력과 마력을 쥐어짜내 한동안 의식이 끊겼던 것이다.

'코어가 많이 상했군.'

배승민은 자신의 몸을 냉정하게 돌아보았다.

리치의 특성으로 인하여 배승민의 몸은 불사성을 갖는다.

그러나 몸의 심장부에 박힌 '코어'가 고장이 나면 천하의 배승민이라도 죽을 수밖에 없었다.

지금은 그 코어가 상해서 몸의 상처가 제대로 회복되질 않고 있었다.

문제는 코어는 자연적으로 회복되지 않는다는 점이다.

어둠이나 빛 성향의 무언가를 잡아먹거나 혹은 주인인 무영의 곁으로 돌아가야 원상태로 돌아갈 수 있었다.

'여긴?'

주변을 둘러봤다.

온통 황무지였다.

'튕겼다.'

결계를 빠져나올 때 강한 반발력에 의하여 튕겨져 나간 듯 싶었다.

대도시가 보이지 않는 걸 보면 다소 먼 거리였다.

또한 묘하게 시간의 괴리가 느껴졌다.

'시간이 얼마나 지난 거지?'

알 수 없었다.

바닥을 짚고 자리에서 일어났다.

'알려야 한다.'

천마신교의 교주, 팔부신중 마후라가의 전승자.

그는 강하다.

모든 것을 초월한 힘을 지녔다.

거기다가 고유 결계 안에서 악마들도 사육하고 있었다.

이대로 무영이 붙는다면…… 승률은 0%.

하지만 배승민은 보았다.

놈이 완벽하지 않음을 알았다.

이 사실을 알려야 한다. 그것만으로도, 한 자릿수라도 승률이 오를 터다.

"뭔가가 날아온다 싶었더니, 리치였어?"

"정말 리치 맞아? 사람처럼 생겼는데."

"내 말이 틀린 거 봤어요? 어쨌거나 준비합시다. 힘이 많이 약해진 거 같은데. 리치의 코어는 엄청나게 짭짤하거든."

지척에서 사람들의 목소리가 들렸다.

숫자는 여섯.

공수가 적당히 균형을 이룬 팀이었다.

푹!

가장 먼저 날아온 화살이 배승민의 어깨에 박혔다.

"익스플로젼!"

화르륵!

화살의 터지며 살점이 파였다. 뼈가 드러났고 배승민이 휘청였다.

"봐요. 엄청 약해졌다니깐."

"그래도 리치야. 신중하게 사냥해야지."

"아, 답답하긴. 그러다가 다른 놈들 오면 어떡하려고요? 날아오는 걸 우리만 본 것도 아닐 텐데. 죽이는 사람이 절반 먹는 룰인 건 여전하죠?"

젊은 청년이 신나게 휘파람을 부르며 다가왔다.

배승민을 죽이고 그 코어를 취하려는 속셈.

'지금 가진 마력 잔량으론 하위급 마법 한 번이 한계다.'

무엇을 사용해야 이 상황을 타개할 수 있을까?

주변에 터지는 화염 지뢰를 매설한다. 온전히 도망갈 확률 3%.

안개를 불러들여 방황하게 만든다. ……5%.

무영에게 받은 손, 천공왕의 왼팔에 내재된 스킬을 사용한다. 9%!

배승민이 판단컨대 10%를 넘기는 방법이 없었다.

"하핫! 이게 웬 행운이야!"

어느덧 지척으로 다가온 청년이 배승민의 목에 검을 겨루고 휘두르려고 했다.

바로 그때.

"그만."

방패를 등에 인 남자가 나타났다.

그러자 청년이 인상을 팍 구겼다.

"넌 또 뭐야? 꺼져. 이미 우리가 침 발랐으니까."

욕을 하거나 말거나 남자는 배승민을 바라봤다.

동시에 남자의 눈이 크게 일렁였다.

"승민이 아저씨……."

배승민이 남자를 바라봤다.

익숙한데 기억이 없다. 언데드가 될 때 모든 기억을 계승하지 못한 탓이다.

최근 몇 년의 기억은 송두리째 날아갔다.

남자, 김태환이 방패를 꺼내 들었다.

"얌전히 이 자리를 떠난다면 건들지 않으마. 하지만 계속해서 저 남자를 겁박하겠다면 나도 실력행사를 할 수밖에."

"지랄. 똥 폼 잡고 자빠졌네."

청년이 혀를 차며 그대로 검을 그으려는 찰나.

투우웅!

방패가 날아들어 청년의 몸을 때렸다.

"커헉!"

죽을 정도의 상처를 입진 않았지만 그대로 기절했다.

쉬이잉!

툭!

화살이 날아오자 김태환이 화살을 잡아서 부러뜨렸다.

이후 방패가 자동으로 김태환의 손으로 돌아왔고…… 전투가 시작됐다.

배승민은 그 장면을 그저 바라만 보고 있었다.

방패술의 대가.

방패만으로 사람들을 압도하고 있다.

물론 무영이나 타칸에 비교하면 한참 부족하지만 저 남자를 보면 볼수록 이상한 기분이 들었다.

기분, 감정. 그런 건 거의 거세된 상황일진대.

'누구지?'

심정이 매우 복잡하다.

순식간에 다섯을 해치운 뒤 김태환이 배승민에게 다가갔다.

"괜찮으십니까? 후, 어쩌다가 이런 일을."

"넌, 누구냐?"

"잊으셨어요? 저 태환이에요. 김태환."

김태환?

여전히 떠오르지 않았다.

배승민이 답하지 않자 김태환이 계속해서 말했다.

"아저씨가 딸을 찾으러 간다고 하신 게 벌써 1년입니다. 그러니까 1년 만에 만난 거죠. 진전은 있으셨어요?"

"1년 전에…… 날 만났다고? 딸을 찾으러 간다고?"

배승민의 목소리가 천천히 떨렸다.

배승민은 일반적인 언데드가 아니다. 소망과 권능으로 인해 태어난 언데드. 중요한 걸 잊고 있었고 그걸 떠올리는 데 주력해 왔다. 그런데 뜻하지 않은 곳에서 단서를 잡은 것이다.

반면 김태환은 배승민이 이상함을 깨달았다.

"아저씨, 설마 기억이? 아니, 잠깐. 몸도……."

배승민의 상처를 살피던 김태환의 눈이 화등잔만 해졌다.

피가, 붉지 않았다.

피가 새까맣다. 뿐만 아니라 은근한 악취마저 나는 듯했다.

심장이 뛰는 소리가 들리지 않았다.

급히 손을 대보자 피부 또한 얼음처럼 차가웠다.

'인간이 아니다.'

그제야 알았다. 배승민은 인간이 아니다.

언데드. 좀비와 같은 무언가다.

언뜻 때려눕힌 자들이 한 대화에서 '리치'라는 단어가 나온 걸 기억해 냈다.

리치라니!

"어, 어쩌다가, 젠장! 누굽니까? 누가 아저씨를 언데드로 만든 겁니까!"

"자세히 말해라. 내가 누구고, 뭘 찾고 있었는지에 대해서."

하지만 평범한 언데드와 조금 다르다는 것도 깨닫게 되

었다.

보통의 언데드는 인간을 습격할지언정 대화를 나누려 하지 않는다. 자신의 과거에 대해서도 궁금해하지 않는다.

어쩌면 되돌릴 방법 같은 게 있을 지도 모른다고 김태환은 생각했다.

"……일단 이곳을 벗어나죠. 사람들이 몰려올 겁니다."

김태환은 이를 악 물었다.

최대한 머리를 차갑게 식혔다.

배승민은 배승민이다. 착하고, 딸 배수지를 애타게 찾는, 성실한 남자.

하지만 다른 이들에게 발각당하면 무조건 죽을 것이다.

당연히 대도시로도 갈 수 없다.

리치가 들어온 걸 수비대들이 모를 리 없으므로.

그렇다고 이대로 손을 놓을 수도 없었다.

'빌어먹을.'

가뜩이나 사령세가의 일로 머리가 복잡하건만.

첩첩산중이란 표현은 이럴 때 쓰는 것인가 하였다.

다행히 물약이 통했다.

언데드는 재생이란 개념이 희박하고 물약엔 약간의 신성 성분이 섞여 있어서 보통은 반박을 일으키지만 웬일인지 배승민은 그 성분을 그대로 받아들인 것이다.

역시 평범한 언데드는 아니었다.

그 뒤 둘은 이야기를 나눴다.

불과 1년 전의, 하지만 배승민의 기억엔 없는 이야기를.

"내게 딸이 있었단 말인가?"

"예. 배수지라고, 이제 열 살 정도 되는 아이였죠. 정말 착하고 귀여운 아이였습니다. 저희들끼리 우스갯소리로 작은 천사라고 할 정도였으니까요."

배수지는 삭막한 환경에서 오아시스와 같은 존재였다.

단순히 착하고 귀엽기만 한 게 아니라 나이답지 않게 똑 부러져서 인기가 많았다.

"그럼 배수지, 내 딸은 지금 어디에 있는 거지?"

"권왕이 납치해 갔습니다. 아저씨는 놈을 찾는다고 대도시를 벗어났죠. 1년 전에요."

"권왕, 권왕이……."

배승민은 그 호칭을 계속해서 되씹었다.

다행스럽게도 김태환의 말을 어느 정도는 믿는 모양새였다.

아무리 힘이 약해졌대도 배승민은 진실과 거짓을 구분할 줄 안다.

안에 내재된 정령의 힘이 그것을 가능케 하였다.

"딸, 배수지의 이야기를 더 해다오."

그래서 조금은 말투가 부드러워졌다.

김태환도 고개를 주억였다.

"우리가 푸른 사원으로 소환되고 아저씨는 양팔을 모두 잃었습니다. 지금은 어째선지 팔 한쪽이 있으시지만요. 하여튼 그 뒤 수지가 모든 일을 도맡았죠. 무영 님이 안 계셨으면 그것도 불가능했을 겁니다."

무영이 은근히 도와준 게 많다.

지극히 냉정하지만 간혹 보이는 일말의 따뜻함은 모두를 아우르기에 충분했다.

"수지는 정말 대단했습니다. 하늘 도서관을 나왔을 때, 천 명이 넘는 수많은 인파가 수지 하나를 데려가려고 그렇게들 모였지요. 저는 기껏해야 두세 명이 전부였는데 말입니다. 하하!"

배승민은 여전히 차가운 표정이다. 하지만 조금은 느슨해진 것 같았다.

배수지가 자신의 딸임을 알고, 딸이 칭찬을 받자 정말 묘한 감정이 들었던 것이다.

'나는 딸을 찾고 있었구나.'

무엇을 찾는지도 몰랐다. 하지만 찾아야 한다는 강박관념은 있었다.

이젠 무엇을 찾고 있었는지 알았다.

'배수지. 권왕에게 납치당한 내 딸.'

무영은 말해주지 않았다. 굳이 묻지도 않았지만.

하지만 찾는 게 무엇인지 확실히 알게 되었으니 이제는 물어봐야 한다.

권왕이 누구고 어디에 있는지.

'사지를 뜯고 가죽을 벗겨낼 것이다. 평생 죽지 못하는 저주를 걸어 고통 받게 해주마.'

이게 복수심이란 걸 배승민은 몰랐다.

하나둘 감정이 살아나고 있었다.

언데드에게는 허락되지 않았던 것들.

이 역시 '진화'라 할 수 있으리라.

"다윗의 별 이야기도 빼놓을 순 없죠. 그때……."

"네가 대도시로 가서 소식을 전해야겠다."

"예?"

"무영 님에게 이 구슬을 전해다오."

"……!"

부르르!

김태환이 전신을 떨었다.

무영, 무영이라니!

그 이름이 배승민의 입에서 튀어나온 것이다.

'그는 무영 형님이 아니었단 말인가?'

얼마 전 사령세가의 습격을 받았다.

그때 무영으로 의심되는 남자가 나서서 죽었고 이내 먼지처럼 사라졌다.

김태환은 우여곡절 끝에 도망칠 수 있었다.

하지만 그 뒤로는 대도시 바깥에서 숨어 다니는 생활을 계속할 수밖에 없었다.

"태양 길드로 가라. 나는 뒤에 합류하겠다."

배승민은 기억과 정보가 담긴 손톱만 한 구슬을 김태환에게 넘겼다.

물론 만약을 위한 안배는 해놓았다.

김태환이 과거의 인연인 건 확실해 보이지만, 만약을 위해 모든 마력을 쏟아 넣어 함정을 설치한 것이다.

만약 엉뚱한 곳으로 새거든 전신이 불타 버릴 터였다.

"정말, 제가 기억하는 그 무영이 맞습니까?"

"직접 두 눈으로 확인해라."

배승민은 대도시로 들어갈 수 없었다. 회복하려면 시간이 필요하다.

무영과 연결된 선도 월하의 고유 결계를 빠져나오며 잠시 끊겼다.

당장 정보를 전할 수단이 김태환밖에 없다는 뜻이다.

김태환은 배승민이 건넨 구슬을 바라보았다.

'일이 어떻게 돌아가는 건지 하나도 모르겠군.'

머리가 복잡했다.

하지만 한 가지 확실한 건.

'확인을 해봐야 한다는 것.'

인연의 고리가 여기까지 이어졌다.

사령세가의 일과 지금 대도시의 안팎에서 벌어지는 불가사의한 일들을 어쩌면 무영을 만나면 풀 수 있을 것도 같았다.

'그는 죽음을 다룰 수 있지. 승민이 아저씨가 리치가 된 것도 분명 연관이 있을 거다.'

김태환은 고개를 끄덕이곤 몸을 돌렸다.

"몸조리 잘하십시오. 빨리 다녀오겠습니다."

대도시가 소란스러웠다.

모두가 날이 선 느낌.

검을 들고 주변을 의심하고 기색이었다.

풍비박산난 건물도 몇 채나 보였다. 그런데도 수리를 하는 기색은 없었다.

'이상하군.'

평소 대도시의 활기를 띤 광경과는 거리가 멀었다.

이 무거운 분위기 속에서 길을 걷던 와중 김태환은 우연히 한 용병을 만날 수 있었다.

그는 땅굴에서 몇 번 본 용병을 붙잡았다.

"이봐, 무슨 일 있었나?"

"오오, 김태환! 이 양반 살아 있었구만!"

"의뢰로 조금 바깥에 있었다."

"그래? 어쩐지. 지금 상황에서 갑자기 무슨 일 있냐고 묻는 게 이상하다 싶었지."

용병이 한숨을 푹 내쉬었다.

하지만 오래도 아니다.

기껏해야 15일가량. 그사이에 일이 난 것 같았다.

용병은 김태환의 귀에 대고 작게 속삭였다.

"지금 안 그래도 난리야. 태양 길드가 졌거든."

"졌다고?"

김태환이 크게 말하자 용병이 화들짝 놀랐다.

급히 김태환의 입을 손가락으로 한 차례 가린 용병이 작게
말했다.

"쉿. 조용히 말해. 하여간 천마신교라는 곳이 나타났어.
하늘 도서관에 자리를 잡고 있다더군. 태양 길드가 대군을
이끌고 쳤는데, 패배했지. 지금 2차 진격을 위해 다른 곳에
협조를 청하고 있다던데 일이 어떻게 될는지. 쯧쯧."

태양 길드가 졌다.

그것도 대도시 내부에서 패배했다.

일어날 수 없는 일이 일어났고 김태환도 제법 충격이었다.

"그래서 분위기가 이런 건가?"

"그것도 있지만 사령세가 놈들이 대도시에 침투해 있다고.
지금 그거 때문에 난리도 아니야. 갑자기 집 하나가 박살나
면서 강제로 시련이 시작되거나 그런 일이 비일비재하거든."

"시련이……."

시련. 다른 말로 미션이라고도 한다.

목숨을 걸고 싸워서 투쟁하는 것이다.

살면 보상을 얻지만 죽으면 그대로 끝이다.

주변에 반파된 건물들은 그런 식으로 희생당한 듯싶었다.

"자네도 조심해. 괜히 수상쩍은 낌새 비치면 그대로 경비원들이 죽이려 들 테니까."

"충고 고맙군."

"어휴~ 덕분에 일은 많아졌는데 그만큼 죽어 나가고 있는 게 문제지. 이러다가 대도시를 떠나야 하는 거 아닌지 모르겠어."

용병이 혀를 쯧쯧 차면서 길을 떠났다.

김태환은 표정을 굳혔다.

고작 2주일 사이에 무슨 일이 벌어지긴 벌어진 모양이었다.

'무영 형님은 대체 어떻게 태양 길드에 들어가신 거지?'

시간이 많지 않음을 깨닫고 김태환도 빠르게 움직이기 시작했다.

이어 태양 길드의 정문에 도착한 김태환은 잠시 갸웃할 수밖에 없었다.

워낙 경황이 없어서 깊게 생각하지 못했지만 무영이 어찌하여 태양 길드에 속하게 된 것인지 알 겨를이 없었다.

'내가 기억하는 형님의 실력이라면 태양 길드도 탐낼 법하

지만……'

그래. 무영은 강했다.

푸른 사원 때부터 다른 이들과 비교를 불허할 정도로.

천하의 태양 길드라도 무영의 진면목을 알게 된다면 어떻게든 붙잡으려 할 것이다.

하지만 무영은 언제나 고독했다. 누군가와 어울려서 지내지 않았다. 일부러 거리를 둔 채 서로에게 간섭하지 않으며 행동하려는 기색이 있었다.

그런 무영이 가장 거대한 집단이라는 태양 길드에 들어갔다?

무영을 아는 이라면 피식 웃고 말 것이다.

물론 살아 있다는 것 자체도 믿기 힘들었다.

하늘 도서관 안에서 죽은 줄 알았으니까.

얼마 전 만난 전신갑주의 남자도 무영이라 '의심'했을 뿐 굳이 더 확인하지 않았던 것도 그래서다.

무영의 죽음을 김태환은 어느 정도 확정하고 있었던 것이다.

'살아 있다면 무언가 노림수가 있어서 몰래 잠입해 있는 거겠지.'

김태환은 내심 고개를 주억였다.

무영은 자신이 드러나는 걸 꺼려했다.

필시 다른 길드원들과 섞여서 조용히 지내고 있을 터.

막상 들어간다고 하더라도 어떻게 찾을지가 관건이었다.

"정지. 휘광 길드의 길드원께서 무슨 용무이십니까?"

태양 길드의 본성.

그 크기만 10여 층에 달하는, 거대하기 짝이 없는 건축물 주변의 분위기는 흉흉했다.

돌아다니는 경비병들은 당장 검을 휘두를 것 같이 날이 바짝 서 있었다.

그중 하나가 김태환의 어깨에 그려진 휘광의 표식을 보곤 물은 것이다.

"사람을 찾고 있습니다."

"누구를 찾고 계십니까?"

"'무영'이라는 이름입니다. 어쩌면 다른 이름을 사용하고 있을 수도 있습니다. 제가 안에 들어가서 찾을 수 있게……."

"무영 총사령관 말씀입니까?"

김태환의 눈이 가늘게 떨렸다.

태양 길드에 그런 직책이 있었던가?

있더라도 이름에서부터 대단함이 느껴졌다.

총사령관이란 군단을 지휘하는 최고 지휘관이란 뜻이다.

"총……사령관이요?"

"안 그래도 총사령관께서 누군가가 자신을 찾아올 것이라고 하셨습니다. 누구라고 전해드릴까요?"

약간의 의심은 있지만 냉랭하던 분위기는 살짝 풀렸다.

무영을 아는 이는 태양 길드 소속의 길드원들뿐이 없으니 그를 찾아온 게 적이라고 생각하기 어렵다 판단한 것이었다.

반면 김태환은 어안이 벙벙할 따름이었다.

정말 총사령관이라는 자가 자신이 생각하는 무영이 맞는 걸까?

무영의 이미지는 항상 고독에 가까웠는데 그 이미지와 완전히 상반되는 직책이다.

게다가 말도 안 되는 진급 속도였다.

무영이 사라지고 고작 1년여.

처음부터 태양 길드로 들어와 힘을 쌓았대도 1년 만에 총사령관이란 직책에 앉는 건 단언하건대 불가능하다.

무영이 고작 1년 사이에 그만한 능력을 얻는 것 역시 같은 맥락이었다.

푸른 사원에서부터 두각을 나타내긴 했지만 그래도 기존의 강자들과 비교하면 부족함이 있었던 것이다.

"김태환이라고 합니다."

어쨌거나 주사위는 던져졌다.

무영이라는 이름을 꺼내고 반응이 시원치 않다면 몰래 잠입하거나 상대를 제압하는 것까지 생각했건만.

"이곳에서 잠시만 기다리십시오."

경비병 하나가 물러갔다.

하지만 쉽사리 들여보내 주지는 않았다.

'철통같군.'

눈에 보이는 사람만 하더라도 스무 명이 넘는다.

성 하나를 지키고자 이 많은 사람들이 정찰을 돌고 있었다.

대략 30여 분을 기다리자 성으로 들어갔던 경비병이 헐레벌떡 뛰어나왔다.

"들어오십시오. 총사령관께서 만나고자 하십니다."

태양 길드에 속한 길드원은 몇 명일까?

얼추 2만 명이 넘는다는 통계가 있었다.

그중 대부분이 5년 차 이상의 중견자이며 식객으로 머물러 있는 손님들까지 합치면 2만 1천에서 2천 사이가 아닐는지 추측된다고 하였다.

그 밑에 일하는 식솔을 더하면 그 배의 배가 되고.

단일 집단으로는 세 손가락 안에 들만큼의 규모였다.

인원이 가장 많은 곳은 역시나 신성 도시 뮬라란이었다.

도시 자체가 성역이자 하나의 조직과 같았으니.

어쨌든, 그 많은 인원이 본성에 머물지는 않았다.

그럼에도 성이 꽉 찬 느낌을 받았다.

"이 문을 열고 들어가시면 됩니다."

10층까지 순수하게 걸어서 안내를 한 경비병에게 살짝 고개를 숙이고 김태환은 눈앞에 놓인 철제의 큰 문을 바라봤다.

올라오면서 압도되었다.

휘광 길드도 아홉 길드에 들어가긴 하지만 규모면에선 상대가 안 된다.

태양 길드의 절반 정도도 될까 말까 싶다.

그렇다고 태양 길드 길드원들의 실력이 떨어지느냐?

하면 그것도 아니었다.

'용담호혈.'

용이 사는 연못과 호랑이가 사는 동굴. 딱 그런 곳에 온 것 같다.

김태환은 침을 꿀꺽 삼켰다.

정말 이 너머에 있는 게 무영이 맞을까?

끼이이익.

반신반의 하면서 문을 밀었다.

곧 커다란 철제문이 뒤로 젖히며 방 내부의 풍경을 드러냈다.

"오랜만이군."

"……."

방에 들어오자 가장 먼저 들려온 목소리에 김태환은 굳어 버리고 말았다.

그럴 수밖에.

이 목소리를 잊을 리 없지 않은가.

"무영…… 형님."

부르르르!

전율이 일었다.

정말 무영이 맞았다.

도착하기 전까지도 '혹시?' 싶었으나 기우에 불과했다.

약간 꿈을 꾸는 것 같기도 하였다.

더욱 놀라운 건 무영의 차림새다.

'같다.'

무영은 흉비쉬에 의해 죽고 먼지처럼 사라졌던 그 남자와 같은 갑옷을 입고 있었다.

커다란 문과 달리 방은 생각보다 작았고 무영은 용의 문신이 그려진 의자에 앉아 책무를 보고 있었던 것이다.

어울리지 않지만 이 역시 무영이었다.

"처음부터 이곳에 계셨던 겁니까?"

"들어온 건 최근이지. 이제 한 달 조금 넘은 것 같군."

"총사령관은 대체 뭡니까? 태양 길드에 그런 직책이 있었단 말은 처음 듣습니다."

무영이 처리하던 서류를 내려놓곤 김태환을 바라봤다.

"임시로 만든 자리다. 지금 설치는 놈들을 제거하려면 나만큼 적합한 자가 없으니. 그 거창한 이름은 내가 만든 게 아니긴 하지만 말이다."

히아신스의 주장이었다.

누군가를 이끌려면 있어 보이는 이름이어야 한다며.

김태환은 어이가 없어서 할 말을 잃었다.

대체 무엇을 했기에 태양 길드가 선뜻 그만한 직책을 무영에게 맡긴 것인지 머릿속으로 이해가 되지 않았다.

아니, 과연 그가 자신이 아는 무영이 맞는 건지도 아리송했다.

초강자가 득실대는 이곳에서 무영이 그만큼 부각되려면 못해도 인류 10강 수준의 강자여만 하였다.

"하고 싶은 이야기가 많겠지. 하지만 그 전에 내게 건넬 게 있지 않나?"

"아……."

무영은 김태환이 이곳을 찾은 이유를 어느 정도 짐작하는 듯싶었다.

김태환도 고개를 끄덕였다.

이어 품에서 손톱만 한 검은 구슬을 꺼냈다.

"승민이 아저씨가 이걸 형님께 건네 달라 했습니다."

"정보 결정화로군."

귀족 악마들이 죽으면 낮은 확률로 결정화가 된다.

그걸 보고 배승민이 나름대로 마법을 창조해 낸 듯싶었다.

마력이 글자와 영상의 형태로 구슬 안에 내재되어 있었던 것이다.

구슬을 받아 든 무영의 표정이 순식간에 심각해졌다.

'월하. 놈에 대한 정보다.'

배승민이 죽지 않은 건 알았다.

자세한 상황을 알지는 못했지만 어떤 형식으로든 다가올

것이라고 생각한 것이다.

이에 김태환이 나타나 중요한 정보가 담긴 구슬을 건넸다.

무영은 구슬을 눈으로 해체하며 더욱 집중했다.

하늘 도서관에 자리 잡은 놈들을 공격했으나 이미 한 차례 패했다.

사령세가와 강시, 그리고 정체 모를 놈들.

아마도 천마신교의 신도들일 터였다.

그리고 월하…….

놈들을 밀어낼 수가 없었다.

온갖 함정을 꿰뚫고 맞대결 구도로 갔지만 강력한 일곱 구의 강시와 월하에게 막혔다.

무영이 직접 나섰으나 마찬가지였다. 몸을 숨겼대도 다가갈 틈이 없었다.

수많은 악마가 월하를 지켰다. 결과 암습에 실패한 것이다.

강자의 암습엔 시간이 걸린다지만 만약 정상적으로 월하를 암살하려면 족히 몇 년은 걸릴 듯했다.

놈에게 약점이란 없는 것 같았다.

하지만, 배승민이 전해 주는 정보는 뭔가 다를 터였다.

-월하. 이공간을 다루며 그 안에서 악마를 사역한다. 공간과 관련된 힘을 사용하지만, 약점이 있다.

구슬 내면에 적힌 글귀들을 읽어 내려가다가 멈칫했다.

약점!

약점이 있었단 말인가!

-공간을 잡아두기 위한 이정표. 예컨대 법보와 같은 게 보이지 않았다. 그만한 공간과 악마들을 스킬로만 항시 붙잡아 두고 사역하는 건 불가능. 특별한 장소에서만 그 힘을 발휘하는 게 가능하단 의미다.

-땅에 묻힌 육망성. 알 수 없는 재질로 만들어진 그것을 파괴하면 월하도 힘을 잃을 것. 총합 여섯 개로 하늘 도서관에 하나가 있으며 나머지 다섯 개는 대도시에…….

꾸욱!

왼쪽 주먹을 강하게 쥐었다. 그러곤 책상 위에 놓인 버튼을 눌렀다.

삐이이이이이익!

성 전체를 소음이 가득 채웠다.

"뭘 하신 겁니까?"

"경계를 강화하고 긴급 소집을 알리는 소리다. 따라와라."

무영이 급히 발을 움직였다.

누구도 알아내지 못한 월하의 약점. 그것을 배승민이 알아냈다.

더는 지체할 시간이 없었다.

대도시에 숨겨진 육망성을 제거하라!

무영이 내린 특명이었다.

즉시 수십 개의 별동대가 꾸려지고 대도시를 탐색하기 시작했다.

그리고 김태환은 휘광 길드와의 친교를 위한 사자로 대우하였다.

일이 잘 풀리면 김태환의 입지가 다져지고 휘광 길드와의 연계도 가능하리라 보았다.

무영 역시 놀지만은 않았다.

늦은 저녁.

무영은 그림자가 되었다.

월하의 암습에는 실패했지만 다른 이들도 무영의 손길을 피해갈 순 없었다.

'역시 여기 있었군.'

히아신스로 말미암아 정보기관을 움직여서 알아낸 놈의 행방.

흉비쉬.

드디어 그 꼬리를 잡았다.

워낙 신출귀몰한 놈이라 단체로 움직이면 미리 눈치채고

도망간다. 놈은 사령세가에서도 수위에 들 정도다.

하여 무영이 홀로 이곳까지 온 것이다.

하지만 흉비쉬라면 무영이 혼자 움직일 가치가 있었다.

흉비쉬는 부하들과 함께 건물 뒤편에서 눈을 감은 채 의식의 주문을 외우는 중이었다.

바로 시련 만들기다.

스스슥.

지금이 적기라고 판단한 무영이 움직였다.

어둠과 동화되고 발소리조차 들리지 않는다.

하지만 검격은 정확했다.

스팟!

달에 반사된 비탄의 빛이 사방을 수놓았다.

동시에 흉비쉬의 오른팔이 잘리고 가슴 중심부까지 상처가 이어졌다.

'얕다.'

완벽한 성공은 아니다.

하나 처음부터 100% 암살할 수 있으리라 생각하지도 않았다. 흉비쉬는 신체를 잘라내는 정도로 죽일 수 있는 자가 아니다.

이만하면 충분하다.

"암살자?"

흉비쉬가 인상을 찡그렸다. 피가 철철 흐름에도 당황한 기색이 없다.

"흉비쉬."

"나를 아는가? 그렇다면 네가 죽을 것 역시 알겠구나."

사령세가의 고수.

놈의 상반신이 갈라졌다.

동시에 신체 안에서 수많은 촉수가 쏟아지며 주변을 감쌌다.

이는 적아를 가리지 않았다. 오히려 주변의 부하들을 양분 삼아 상처를 회복했다.

더불어 붉은 강시도 여러 구가 출현하였다.

누가 봐도 무영이 밀리는 상황.

하지만 무영은 침착하게 법보를 꺼냈다.

"검이, 검삼, 킹 뮤턴트."

법보에서 세 언데드가 튀어나왔다.

일 대 다수의 상황이 아니다.

"언데드? 특이하군."

흉비쉬의 눈이 흥미로 가득 찼다.

그는 시체를 다루는 시체술사다.

그것도 엄청난 고수다.

무영의 언데드가 평범하지 않다는 걸 한눈에 알아차린 것이다.

"너도 곧 이 대열에 추가될 것이다."

무영은 짧게 확언했다.

흥비쉬를 언데드로 만들면 사령세가를 흔들 수 있다.

그러니 이 싸움은 반드시 이겨야만 했다.

촤악!

콰지직!

촉수는 모든 걸 빨아들였다.

마치 문어의 빨판처럼 닿는 모든 걸 흡착하고 그대로 파괴했다.

"씨발! 이게 뭐야!"

건물이 박살나자 그 안에서 사람들이 뛰어나왔다.

아무리 저녁이라지만 이곳은 대도시의 안쪽이다.

소란이 생기면 당연히 사람들이 모인다.

그래서인지 흥비쉬도 시간을 길게 끌 생각은 없는 것 같았다.

검이가 촉수를 잘라내곤 한 발자국 다가와서 물었다.

"명령을 내려주십시오."

"강시들을 처리해라. 놈은 내가 맡는다."

10구의 적강시, 그리고 4구의 흑강시.

강시들은 고통을 느끼지 않는다.

무영에게 공격이 닿지 않는다고 하더라도 충분히 방해는 되었다.

그걸 검이와 검삼, 킹 뮤턴트가 처리하도록 맡겼다.

적강시는 기껏해야 상급, 그리고 흑강시는 최상급 1레벨 정도로 분류할 수 있을 듯싶었다.

단순 계산으론 약간 밀리는 느낌이지만, 검이와 검삼, 그리고 킹 뮤턴트는 평범한 시체가 아니다.

죽은 자들의 대결에서 무력의 수준이 같다고 싸움의 결과마저 같지는 않을 터.

하다못해 시간만 끌어줘도 충분하다.

'흉비쉬, 오늘이야말로 결착을 내자.'

과거 무영이 막 살수로 활동할 무렵.

무영은 흉비쉬와의 인연이 있었다.

암살 임무를 수행하던 도중 암살 대상을 지키는 놈과 부딪친 것이다.

막 대상의 암살에 성공하자 흉비쉬가 미친 듯이 따라붙었다.

무영은 쓸데없는 싸움을 피하려고 몸을 날렸지만 흉비쉬가 끈덕지게 따라붙은 탓에 이틀 밤낮을 싸웠다.

결국 둘 다 만신창이가 되어 무승부를 이뤘지만, 당시에 내지 못한 승부를 이제 낼 때가 되었다.

"죽음의 세례를 받아라."

흉비쉬가 주문을 되뇌었다.

그러자 그의 머리 위에서 공간이 열리며 거대한 해골의 얼굴이 튀어나왔다.

해골의 공허한 눈이 무영을 바라봤다.

'죽음.'

저 해골은 말 그대로 죽음이다.

계속해서 직시한 상대를 죽이는 힘!

사기성이 짙은 스킬. 하지만 분명히 한계도 있다.

'육도, 아수라도.'

무영 또한 다른 세계의 입구를 열었다.

죽음이 튀어나왔다면 죽음으로 맞서면 되는 일.

—바깥의 공기는 오랜만이로구나!

반투명한 상태의 멀더던이 튀어나왔다.

멀더던은 황금의 왕관과 은빛 삼지창을 들고 있었는데 외관상의 변화도 있었다.

몸통은 개구리와 비슷하지만 머리는 해마처럼 변한 것이다. 과거 문헌에 나왔던 멀더던 왕의 모습을 점차 갖춰가고 있는 듯싶었다.

"죽음을 상대하라."

—저 해골의 이름이 죽음이냐? 참으로 못생겼도다!

멀더던이 껄껄 웃으며 망령들을 불러 모았다.

그 숫자가 물경 삼천!

질보다 양인 측면이 있긴 하지만 저 해골의 머리를 감싸는 데에는 넘칠 정도다.

순식간에 자신의 스킬이 무력화되자 흉비쉬가 인상을 찌

푸렸다.

"묘한 놈이로군."

흉비쉬가 무영을 바라보는 눈빛에는 분명히 경악과 경외심이 담겨 있었다.

시체와 죽음을 동시에 다루는 자가 자신 말고 또 있다는 놀라움, 그리고 그 모든 게 평범하지 않다는 것이 그러한 감정들을 불러일으킨 모양이었다.

하지만, 과연 그게 전부일까?

스릉!

무영은 비탄을 들었다.

동시에 머리에서 하나의 뿔이 솟았다.

"이제는 강신술까지? 너를 죽여서 꼭 해부해 봐야겠구나."

감탄. 놀라움의 연속이었다.

흉비쉬는 순수한 의미에서 무영을 높게 샀다.

비록 암습을 가했지만 무영이 보이는 기술은 평이를 넘어 경이에 가까웠으므로.

흉비쉬는 저 뿔의 정체가 신내림의 증거라는 것 또한 알아보았다.

'무척 투박하고 강렬한 신이다.'

하지만 그뿐이다.

신내림을 받았다고 무적이 되진 않는다.

'하나 내가 모시는 신에 비하면 조족지혈이다.'

촉수들이 더욱 빠르게 흉비쉬의 몸으로 모여들었다.

이내 전신을 촉수가 둘둘 감더니 그 사이에서 까만 눈 하나가 튀어나왔다.

푸우욱!

무영의 검이 닿았다. 하지만 얕다.

'결이 계속 바뀌는군.'

촉수가 전신을 둘러 버린 뒤 수많은 신체가 하나로 합쳐진 듯, 결이 무수히 많고 계속해서 바뀌었다.

무영의 입장에선 여간 까다로운 상대라 아니할 수 없다.

"내가 모시는 신은 하늘의 주인! 하늘의 진정한 마(魔)이시니."

쿠오오오오오!

해골이 울부짖었다.

멀더던을 비롯한 망령들이 크게 흔들렸다.

이대로 시간을 끌면 다시 죽음이 무영을 바라볼 것이다.

흉비쉬가 말했다.

"잡신 따위의 축복과는 비교가 안 되느니라."

"말이 많군."

잡신. 아수라가 들으면 경을 칠 이야기다.

흉비쉬가 움직였다.

쾅!

비탄이 흉비쉬의 움직임을 막았다.

그러자 흉비쉬는 신체를 늘어뜨려 무영을 공격했다.

'결에도 일정한 형태가 있다.'

무영은 정신을 집중했다.

흐르는 강의 물살처럼 정신을 고요하게 만들고 흉비쉬의 결이 만드는 형태에 주목한 것이다.

"보아라! 이것이 하늘의 주인께서 내게 내린 힘이다! 잡신의 내림과는 비교가 안 될 힘!"

퉁. 투웅. 투우우웅.

공격에 일정한 간격으로 끊김이 있다.

결이 바뀔 때 그 소리가 다르다.

무영이 아니라면 누구도 느끼지 못했을 차이.

'지금.'

태세 전환.

무영이 움직였다.

그러자 흉비쉬도 쉽게 무영의 속도를 따라오지 못했다.

푹!

가슴의 중심부를 정확히 찔렀다.

"그래봤자 소용 없……."

"세상에 완전한 것은 없다."

상처가 나봤자 다시 회복하면 그만이라고 생각하겠지.

여태껏 그래왔기에 별거 아니라는 투로 말을 하였다.

하나, 무영이 찌른 건 결의 시작 부분이다.

세상 만물에는 결이 있게 마련이고 그 부분을 공략하거든 아무리 단단하고 강한 것이라고 부서지게 마련이다.

쫘아아악!

무영의 검이 선을 그렸다.

'재생이 안 돼?'

흉비쉬의 눈이 일순 공포로 물들었다.

재생이 멎었다. 몸도 움직이질 않는다. 갈고리에 찍힌 것처럼.

이런 적은 처음이었다.

월하를 만났을 때, 그는 자신의 마(魔) 자체를 제압했지 신체를 구속하진 못했다.

한데 이놈은 처음부터 끝까지 모든 게 묘하다.

상식을 벗어났다.

"움 바르시오, 쿤 자르자……."

흉비쉬가 저주의 주문을 외웠다.

그러자 주변 공간이 일그러지며 새로운 세계가 형성되기 시작했다.

바로 '시련 만들기'다.

강제로 시련을 만들어서 자신의 몸을 떼어놓으려는 속셈.

무영의 눈앞으로도 시련과 관련된 글귀들이 떠오르기 시작했다.

〈'괴마의 시련 Ⅰ'에 입장…….〉

작은 홀.

아직 시련은 팽창하지 않았다.

무영은 결을 계속 내리치며 품에서 단도 한 자루를 꺼냈다.

그리고 작은 홀의 끝 부분으로 던져 넣었다.

'만물에는 결이 있다.'

이 세상에도 분명히 결이 있다.

킹슬레이어의 경지마저 뛰어넘는다면 분명히 그를 볼 수 있으리라.

시련도 마찬가지였다.

하물며 아직 완전히 생성되기 전.

결을 읽는 게 훨씬 쉬웠다.

쩌적! 쩌저저적!

무영이 던진 단검이 시련의 결에 박혔다.

그러자 만들어지던 시련이 다시금 붕괴했다.

흉비쉬가 그 모습을 믿을 수 없다는 눈초리로 무영을 바라봤다.

"넌, 넌, 대체 누구란 말이냐? 어찌 이런 일이 가능하단 말이냐!"

벌어질 수 없는 일이 벌어졌다.

이제는 경이마저 아니다.

불가해(不可解)!

머리로는 이해할 수 없는 영역이었다.

신내림?

단순 이적만 보자면 신 그 자체라 해도 믿을 수 있을 수준이었다.

하지만 그것이 흉비쉬의 마지막 단말마였다.

〈'하늘의 마(魔)', 그 종속자를 제거했습니다.〉

〈하늘의 마는 팔부신중은 아니지만 아수라와는 적대적인 관계에 있는 신입니다.〉

〈아수라가 매우 기뻐합니다.〉

〈아수라의 축복이 강화됩니다. 이제 '아수라의 사도' 칭호가 망혼력을 '30' 올려줍니다.〉

아수라의 축복.

칭호의 강화라!

썩 나쁘지 않았다.

하지만 무영이 주목한 건 흉비쉬가 변하고 남은 찌꺼기다.

신내림의 증거로 까만 눈이 튀어나왔는데 그게 작은 보석처럼 땅바닥에 굴러다녔던 것이다.

조각을 손에 쥐고 바라보자 하늘의 눈이 발동되었다.

명칭: 불멸자의 조각

등급: 無

효과: 불멸자의 왕이 갖고 있던 조각. 조각을 모으면 정수로 탈바꿈되고, 정수는 '불멸왕'의 힘을 부여하는 재료가 된다.

"……!"

불멸왕.

그 두 번째 실마리를 찾았다.

설마 흉비쉬가 갖고 있었을 줄이야.

'월하 역시도 불멸자의 조각을 갖고 있을 테지.'

월하에게 느낀 기운과 흉비쉬의 기운은 비슷한 점이 많았다.

하지만, 월하는 그보다 더욱 상위에 있었다.

이보다 더 큰 조각이거나 더 많은 조각을 갖고 있다는 뜻.

'죽음의 예술.'

무영의 손에서 검은 기운이 뻗어 나가 흉비쉬를 감쌌다.

〈시체와 죽음을 다루는 자!〉

〈그 존재 자체만으로도 죽음의 예술에 적합한 자입니다.〉

〈예술 점수 91점!〉

〈'죽음의 예술'의 랭크가 한 단계 상승합니다. B → A〉

〈A랭크로 격상한 '죽음의 예술'이 상대의 능력치를 그대로 복

원합니다.〉

이름: 흉비쉬
레벨: 435
성향: 다크 챔피언
힘 440
민첩 379
체력 500
지능 422
지혜 385
마법 저항 330
죽음의 힘 410
+촉수(A), 강시술(A+) 죽음(A+), 마령화(A) 스킬 사용 가능.
+죽음에 대한 이해(정신지배 면역).
+경이로운 방어력.
+최대 20구의 강시를 다룰 수 있음.

흉비쉬가 언데드로 변화되자 주변의 강시들도 움직임을 멈췄다. 그리고 흉비쉬에게 종속되어 천천히 무영에게 무릎을 꿇었다.

"어둠의 주인을 뵙습니다."

멀쩡한 적강시는 다섯이었고, 흑강시는 셋이었다.

이것만으로도 전력이 크게 상승된 셈이다.

월하에겐 미치지 못하지만 사령세가를 뒤흔들 정도는 된다.

'월하. 놈에겐 파편이 있다.'

무영의 눈빛이 한층 더 무거워졌다.

월하는 불멸자의 조각뿐만 아니라 한 가지 파편을 더 소유하고 있었다.

'균열의 파편.'

놈의 근처로 다가가자 비탄이 울었던 것을 기억해 냈다. 균열의 파편이 근처에 있음을 깨닫고 울어댔던 것이다.

그레모리는 무영에게 세 개의 파편을 찾아주길 부탁했다.

그중 하나가 천마신교의 교주인 월하에게 있었다.

월하의 눈썹이 꿈틀거렸다.

'나의 원천을 건드리기 시작했군.'

대도시 전체에 놓인 여섯 개의 육망성.

그것은 월하의 힘이기도 했지만 전부는 아니었다.

하나 태양 길드는 그저 월하의 힘을 약화시킬 수 있다고 그 육망성을 건드리고 있었다.

'바보 같은 놈들, 이미 늦었다.'

물론 월하의 힘을 약화시키는 용도로는 충분히 가능할 것이다.

　그러나 더욱 중요한 일에 대해선 이미 대처가 늦었다.

　이미 육망성은 필요한 만큼 기운을 빨아들였다.

　시련을 만드는 것에 대한 준비도 끝났다.

　벌써 수십 차례나 실험하며 이상이 없음을 확인했으니 이제는 마지막 단계로 들어갈 차례였다.

　월하가 미소 지었다.

　그리고 양손을 크게 뻗었다.

　"천마시여!"

　슈우우웅-!

　붉은 별들이 하늘에서 내려앉기 시작했다.

　별똥별처럼 보이는 무리지만 하나 같이 사이한 기운을 품고 있었다.

　마신의 영역에서조차 보기 힘든 광경.

　하나 이 모두를 월하가 의도한 것이다.

　그는 천마신교의 교주.

　그리고 월하가 대도시에서 행하려는 건 바로 그의 재림이었다.

　곧 대도시를 여섯 방위로 감싼 육망성이 붉은빛을 하늘 끝까지 발하기 시작했다.

　떨어지는 별들이 그 빛에 반응하여 아예 피와 같이 변했다.

　세상이 그 빛에 감싸이는 듯싶었다.

월하가 몸을 부르르 떨었다.

드디어, 드디어!

오랜 시간을 기다렸던 숙원이 이뤄지는 것이다.

월하의 이마와 양쪽 손목에서 악마의 인장이 드러났다.

동시에.

〈'천마의 시련'이 시작되었습니다.〉

대도시가 피에 잠겼다.

35장
아수라장

파악된 사령세가의 병력은 대략 삼천여.

　태양 길드와 비교하면 상대가 안 되는 숫자지만 하필이면 놈들이 거점으로 선점한 게 하늘 도서관이다.

　그 지리적 이점과 사이한 수법으로 태양 길드와의 1차 전쟁에서 승리한 바가 있었다.

　'다섯 개의 육망성을 파괴했다. 남은 건 하늘 도서관에 있는 것뿐.'

　무영이 시도한 방법은 간단했다.

　흉비쉬로 말미암아 사령세가로 잠입시켜 마지막 육망성의 위치를 알아내고 파괴하는 것.

　결과는 성공적이었다.

　흉비쉬는 훌륭하게 무영의 작전을 수행해 보였다.

하지만…… 그게 시작일 줄이야.

〈'천마의 시련'이 시작되었습니다.〉
〈대도시, '고대 왕의 성'의 출입이 불가해집니다.〉
〈천마는 피를 갈구합니다. 모든 시련을 완료하세요.〉
〈시련에 성공하면 결과에 따라 보상이 주어집니다.〉
〈반대로 시련에 실패하면 '천마'가 부활합니다.〉
〈제한 시간 - 1,000시간〉
〈생존 인원 - 875,449명〉

붉은 혜성이 떨어졌다.

세상이 그와 같은 빛으로 가득 찼고 동시에 피와 같이 붉은 물결이 사방에 들어찼다.

"천마의 시련?"

"천마가 뭐야?"

"이게 대체 무슨……."

"뭐가 뭔지 하나도 모르겠군."

사람들도 당황했다.

태양 길드의 정예라고 다르진 않았다. 그저 '심상치 않은 상황'이란 것만 인지하였다.

그리고 곧. 세상이 그들이 상황을 인지할 수 있게 돌변했다.

쿵!

쿠우웅!

가장 먼저 변한 건 '집'이다.

모든 집과 성에 팔과 다리가 돋아났다.

안쪽에 있던 사람들?

무영마저도 중요 인물들만 구해서 탈출할 수밖에 없었다.

과거 집이라고 인식했던 것의 내부는 괴물의 위장이 되었다. 모든 걸 녹이고 부식시키는 강한 산이 흘러나와 주변을 둘러쌌기 때문이다.

〈'가령(家令)'이 등장했습니다.〉
〈가령은 움직이는 모든 걸 공격합니다.〉
〈가령을 쓰러뜨리고 정수 20개를 모으십시오.〉

"무, 무영 님. 대체 무슨 일이 일어난 거죠?"

히아신스는 당황했다.

잠을 자다가 깨어난 듯 부스스한 머리였지만 눈만큼은 또랑또랑했다.

"긴급 상황이다. 인장을 챙겨서 탈출해야 한다."

"아, 알겠어요. 잠시만."

"시간이 없다."

"꺄악!"

무영은 히아신스를 어깨에 둘러메고 매우 자연스러운 동

작으로 인장이 숨겨진 장소로 다가갔다.

이후 서랍 쪽에 마법 처리가 되어 있는 걸 강제로 잘라낸 뒤 그곳에서 인장을 챙겨 성을 탈출했다.

성 역시 거대하기 짝이 없는 괴물이 되어 버렸다.

그나마 다행인 점이라면 태양 길드의 길드원 대부분이 성에서 탈출하는 데 성공했다는 것이다.

"히아신스 님!"

"총사령관님!"

그들이 빠른 보폭으로 무영에게 다가왔다.

물론 어느 정도 무영의 공로를 인정한 자들에 한정해서다.

무영을 따르는 이는 태양 길드 내에서도 소수였다.

스릉!

무영이 비탄을 들었다.

전신에서 새하얀 얼음이 돋아났다.

그 모습을 보고 히아신스가 미간을 좁혔다.

"무영 님, 설마."

"지금부터 성을 파괴하겠다."

무영은 냉정하게 말했다.

태양 길드의 본성, 저 거대한 구조물을 없애야만 위험이 줄어든다.

그리고 어쩌면 '정수'라는 걸 얻을 수 있을지도 모른다.

쾅! 콰앙!

그저 발을 디딘 것만으로도 위압감을 주기엔 충분했다.

실제로 가령이라 불리는 저 괴물은 움직이는 모든 걸 공격하고 있었다.

"가만히 있으면 공격 안 받는 거 아닌가?"

"하긴. '움직이는' 걸 공격한다고 했지. 이런 건 가만히 있어서 기회를 보다가 치는 게 정답인 경우가 많아."

"우선 이 상황을 규명해야……."

사람들은 저마다의 해답을 내놓았다.

갑작스러운 상황에 모두들 적극적으로 움직일 생각을 하지 않았다.

'파악'을 하는 게 먼저다.

분명히 틀리진 않은 말이지만 그렇다고 정답도 아니다.

'천마의 시련이라는 게 이런 거였군.'

그래. 이건 무영도 안다.

과거 월하가 대혼돈 이후에 천마신교 교단을 세우고 신성도시 뮬라란과 전쟁을 일으킬 적에 그가 직접 언급한 적이 있는 것이다.

천마의 시련을 이겨낸 자만이 천마를 마주할 자격이 있다고.

당시엔 그게 정말 '시련'이리라 생각하지 못했다.

우여곡절 정도로만 해석하는 사람이 많았다.

무영도 그중 하나였다.

'하지만 당시에 이런 일이 일어나진 않았다.'

이 역시 맞다.

천마의 시련이라는 게 실존했다면 왜 과거에는 행하지 못했는가.

반면 왜 지금은 그게 가능해졌는가.

무영이 모르는 차이가 분명히 있을 것이다.

그것을 알아내면 외통수를 칠 수도 있을 터였다.

'하늘 도서관은…… 벽이 쳐졌군.'

하늘 도서관을 중심으로 거대한 푸른색의 벽이 전개되어 있었다.

아마도 저곳에서 천마가 부활하는 듯싶었다.

너무 빛의 장벽이 거대해서 결조차 보이지 않았다.

그렇다면 우선 눈앞에 있는 것부터 해치우자고 무영은 마음먹었다.

스읍!

파악!

숨을 크게 들이쉬고 무영이 땅을 박찼다.

그러자 성이 손을 움직이며 무영을 붙잡고자 했지만 무영의 속도를 이 거대한 성이 따라잡는 건 불가능하다.

파스스!

비탄이 다리를 베었다.

그러자 상처가 나며 그 부분이 얼어붙었다.

쿵! 쿵! 쿵!

무영이 얼어버린 성의 다리를 계속해서 걷어찼다.

그러자 성을 지탱하던 다리가 조각나며 이내 부서졌다.

끼에에에에엑!

나머지는 반복 행위일 뿐이었다.

팔과 다리 모두를 제거하자 놀랍게도 성은 다시 본래의 모습을 되찾았다.

새로 생겨난 부분만 없애면 그만인 일이었던 것이다.

"싱겁군."

무영이 비탄을 털었다.

그 모습을 일만이 훌쩍 넘는 길드원이 보았다.

아무도 쉽게 나서지 못하고 있을 때 무영이 몸소 모범을 보인 것이다.

이렇게 하면 된다는 듯.

이어 무영은 히아신스에게 시선을 줬다.

히아신스도 자신이 해야 할 일을 깨닫고 부랴부랴 인장을 꺼냈다.

"태양 길드의 수호인장으로 명합니다. 주변의 괴물들을 제거하고 정수를……."

"끄아악!"

"이, 이게 뭐야! 악!"

"땅 속에 무언가가 있다!"

불현듯 사람들이 비명을 내지르기 시작했다.

검은 손이 지면에서 튀어나와 사람들을 땅속으로 납치해
간 것이다.

손에 끌려간 사람들은 돌아오지 않았다.

무영은 저게 무엇인지 알 것 같았다.

'망령들.'

〈망령은 가만히 있는 사람들을 공격합니다.〉
〈망령은 혼자 있는 사람을 공격하지 않습니다.〉

어디선가 많이 본 문구다.

이와 비슷한 시련을 무영은 경험한 적이 있었다.

아니, 이곳에 모인 이라면 대부분 그럴 것이다.

'하늘 도서관.'

그곳에서 겪었던 시련 중에 이와 비슷한 게 있었다.

무영은 고개를 주억였다.

망령이라면 오히려 잘됐다.

"씨발! 스킬이 안 먹혀!"

"망령 계열 괴물이라면 빛 계열 스킬이 먹혀야 정상인데?"

모두가 당황했다.

일반적인 망령이 아니다.

통하는 스킬이 무척 제한적이었다.

-침입자들…….

-침입자를 제거하자…….

그럴 수밖에.

망령들은 본래 이 성의 원주민들이다.

그니까 '고대 왕의 성'에 깃든 혼령이라 보는 게 맞다.

저들은 뛰어난 전사이고 인간들은 침입자에 불과했다.

침입자를 배척하는 건 마땅히 전사들이 해야 할 일.

수천, 수만 년간 갈고 닦아진 영혼을 일반적인 스킬로 제거할 순 없다.

저런 망자는 오로지 망자로만 상대할 수 있었다.

'멀더딘.'

무영의 등 뒤로 검은 원이 생겨났다.

아수라도가 열리며 수천의 망령이 쏟아져 나왔다.

이 스킬은 아수라가 무영에게 건넨 것이다.

천마가 마귀를 다룬다면 아수라는 그러한 마귀의 왕이라 할 수 있었다.

서로 비슷한 계열의 신이니 직접적인 타격 역시 줄 수 있을 것이었다.

-대단한 악령들이로군. 매우 탐이 나는도다.

멀더딘은 군침을 흘렸다.

저들마저 자신의 군세에 편입시킬 셈이었다.

하여 무영은 짧게 말했다.

"마음껏 휘저어라."

무영 또한 그럴 생각이었다.

아무리 가령을 잡아도 '정수'는 보이지 않았다.

하지만, 새로이 발견된 '보라색 가령'을 없애자 정수가 떨어졌다.

'색깔이 있는 가령을 죽여야 하는군.'

말하자면 대장격의 괴물이다.

하지만 색깔이 있는 가령은 일반적인 가령에 비해 무척 날렵하고 강했다. 그 색깔 있는 가령을 잡는 데 정예의 길드원 50여 명이 죽었다.

멀더던으로 인해 망령의 위협에선 어느 정도 벗어났지만 기다렸다는 듯 다른 문제가 생겨났다.

날개 달린 여인들.

서큐버스와는 조금 다른, 형체 없는 귀신들의 출현 때문이었다.

〈'몽마'는 남녀 모두를 현혹합니다.〉

〈모이면 모일수록 집단 최면의 가능성이 높아집니다.〉

침을 흘렸다. 여자들은 옷을 벗었고 남자들은 엉덩이를 뒤로 뺐다.

마치 꿈을 꾸듯 눈을 감으며 몸을 부들부들 떨었다. 세상에서 더 없을 황홀한 표정으로 쾌락을 만끽했다.

마법 저항이 높은 이들은 버틸 수 있었지만 그렇지 않은 이는 모두 몽마에게 현혹당했다.

현혹당한 이들은 일어나지 않았다.

정기가 빨려 급속도로 몸이 마르며 죽음을 맞이한 것이다.

그리고 그렇게 죽은 이들은 '흡혈귀'가 되었다.

"뭐, 뭐야, 죽은 거 아니었어?"

"끄아아악!"

〈'흡혈귀'는 산 사람의 피를 빨아먹습니다.〉

〈피가 빨린 이들은 흡혈귀에게 정신 지배를 당하게 됩니다.〉

온갖 귀신의 향연이었다.

그리고 그 귀신들이 바라는 건 한 가지.

바로 '분열'이다.

결국 귀신들이 노리는 건 뭉쳐 있는 사람들이었다.

혼자 있을 경우 표적이 되는 일은 적었다.

그렇게 뭉치면 손해라는 인식을 주어 사람들이 흩어지게 하는 것이었다.

"이래선 혼자 움직이는 게 낫겠군."

"뭉치면 진행이 더뎌진다. 강자들을 따로 빼는 게 나아."

태양 길드조차 벌써 분열의 조짐이 생기기 시작할 정도였다.

다른 곳은 불 보듯 뻔했다.

그리고 사람들이 흩어지자 불현듯 떠오른 메시지가 있었다.

〈천마의 신도가 되시겠습니까?〉

〈가령, 망령, 몽마, 흡혈귀 등으로부터 자유로워질 수 있습니다.〉

〈또한 천마의 축복을 받을 수 있습니다.〉

〈천마의 축복은 신체 능력치를 강화시킵니다.〉

〈천마의 축복은 새로운 스킬을 부여합니다.〉

천마의 신도가 되는 길!

천마의 신도가 되면 저 지긋지긋한 귀신들로부터 자유로워질 수 있었다.

뿐만인가. 이 시련을 만든 주인의 축복마저 받는다. 그다지 손해 볼 건 없었다.

무력. 강함은 마계에서 살아가는 데 필수적인 척도다.

약한 자는 죽고 강한 자만 살아남는 세계.

강하게 만들어준다는데 마다할 리 있겠는가!

쉬운 길을 놔두고 어려운 길을 택할 이유가 없었다.

당장의 이득을 좇는 이, 또는 허약한 이들은 이 길을 택했다.

신도가 되어서 무슨 일이 있겠느냐 안이한 생각도 있었다.

그저 고개만 끄덕이면 되는 일.

절차도 복잡할 게 없으니 금상첨화다.

그리고 신도의 길을 택하자 곧 기다란 글귀가 떠올랐다.

〈축하합니다. 천마의 신도가 되었습니다.〉

〈신도를 제외한 모든 인간을 죽이십시오.〉

〈제거한 상대에 따라 점수를 벌고, 천마에게 보상을 받게 됩니다.〉

〈그러나 제한 시간 이내에 최소 500점을 모으지 못하면 망령이 됩니다.〉

〈제거 대상의 점수는 무력이 아닌 '영향력'을 기준으로 책정됩니다.〉

〈1순위 제거 대상(10,000점) − 히아신스〉

〈2순위 제거 대상(7,000점) − 바하무드〉

〈3순위 제거 대상(5,000점) − 무율진〉

〈4순위 제거 대상(3,000점) − 오오츠키 유카〉

……

〈10순위 제거 대상(500점) − 무영〉

10순위 제거 대상에 오른 자신의 이름을 보고 무영은 인상을 찌푸렸다.

무력이 아닌 영향력에 따라 그 순위가 달라지는 듯했다.

히아신스는 현재 태양 길드 내에서 가장 많은 영향력을 끼치는 소녀다. 태양 길드 자체가 대도시 최강의 집단이니 1순위로 오른 모양이었다.

'이런 식으로 분란을 유도하는군.'

천마의 신도들이 늘어날수록 시련을 깨는 건 더욱 어려워진다.

지금은 그 수가 적지만 계속해서 분열되고 겁에 질린 자가 많아지면 결국 마음을 꺾는 자가 숱하게 출현할 것이었다.

그러니 시간을 쪼개서라도 빠르게 움직여야 했다.

'휘광 길드의 길드 마스터 바하무드, 무율세가의 가주 무율진, 닌자 집단의 여제 오오츠키 유카……'

대도시에 있는 대표적인 집단으로는 태양 길드와 휘광 길드, 그리고 무율세가가 있었다.

하지만 닌자는 아니다.

대도시에 대거 흘러들어온 것 같은데, 시련으로 말미암아 정체가 까발려지고 말았다.

'알렉산드로의 이름은 안 떠올랐다.'

직접적으로 모습을 드러낸 적 없는 오오츠키 유카의 이름이 제거 대상에 포함되어 있었다.

한데도 알렉산드로 퀸타르트의 이름은 전혀 보이지 않는다.

'완벽하게 숨은 것인가, 죽은 것인가.'

미래가 바뀌었다.

무엇이 어떻게 일어날지 모르는 상황.

하지만 무영은 내심 고개를 저었다.

알렉산드로.

놈은 쉽게 죽지 않는다.

과거에도 끝의 끝까지 살아남지 않았나.

"무영! 네가 무영이냐! 크하하!"

망령들과 함께 다가온 남자가 있었다.

남자가 크게 웃자 망령들이 뭉치며 검의 형상을 만들어 냈다.

"힘이 넘친다! 천마의 축복은 정말 아름다워!"

남자는 눈이 반쯤 뒤집혀 있었다.

신도가 되고 정신을 반쯤 놔버린 듯했다.

'신도라……'

신도가 되었다는 건 결국 겁쟁이라는 뜻이다.

정상적인 사고를 가졌다면 딱 봐도 수상한 제안을 수락할 리 없다.

스릉!

무영은 비탄을 뽑았다.

그러자 무영의 주변으로 붉은빛이 감돌기 시작했다.

천마의 시련이 시작된 직후 나타난 빛과 비슷한 느낌이었지만 그보다 더욱 질척이고 있었다.

절대자의 영역!

남자가 무영의 영역에 발을 딛자 망령으로 만든 검이 크게 휘청거렸다.

"뭐, 뭐냐? 망령들이 겁을 먹다니?"

남자의 반쯤 풀린 눈이 커졌다.

망령들. 이미 죽은 사자(死者)의 무리다.

공포와 같은 감정이 있을 리 없고, 있어서도 안 되었다.

한데…… 망령들이 겁을 먹고 있었다. 무영의 영역에 들어서자마자 마치 오면 안 되는 곳에 왔다는 듯이.

스으으.

무영의 움직임은 그림자와 같았다.

아무런 소리조차 없이.

있는 듯, 없는 듯 다가가 단칼에 남자의 목을 베었다.

촤악!

"꺼어억!"

남자의 목이 꿀럭이며 피를 토해냈다.

하지만 거기서 끝낼 리 없었다.

손가락을 하나하나 잘랐다. 손마디마다 짧게 토막 낸 뒤 최대한 남자가 고통을 느끼게끔 만들었다.

귀를 자르고, 눈알을 파내고, 마지막으로 입을 찢어 입안이 그대로 드러나게 했다.

잔인하기 짝이 없는 장면에, 지켜보던 태양 길드의 길드원들조차 눈살을 찌푸릴 정도였다.

하지만 한 번은 해야 하는 일이다.

"천마의 신도는 가장 고통스럽게 죽일 것이다."

곧 무영의 등 뒤에서 멀더턴을 비롯한 수천의 망령이 남자를 향해 달려들었다.

끼아아아아아아악!

남자는 목줄이 잘렸음에도 기이한 비명을 내질렀다.

이후 망령들이 헤집고 지나가자 남자의 전신엔 뼈밖에 남지 않았다.

이건 무영이 모두에게 하는 경고다.

천마의 신도가 되려면 마음을 단단히 먹으라는.

무영은 이따위 장난에 놀아날 생각이 없었다.

히아신스가 모은 인장은 총합 여덟 개.

사실상 태양 길드의 길드 마스터와 비슷한 영향력을 손에 넣은 셈이다.

하지만 그런 히아신스를 아니꼽게 보는 사람도 분명 존재했다.

"히아신스는 너무 어려. 이러다간 저놈에게 태양 길드가 넘어갈 것이다."

화룡 기사단의 단장, 레논.

턱수염을 길게 기른 그가 살벌한 눈빛으로 무영을 노려봤다.

놈은 너무 설친다.

"하지만, 단장님. 총사령관의 무력은 10강과 비견해도 될거라고……."

"닥쳐라. 총사령관? 그저 운이 좋은 놈일 뿐이야. 10강이 왜 10강인 줄 안다면 그딴 망언은 하지 못할 것이다."

레논의 얼굴이 흉신악살처럼 일그러졌다.

본래라면 레논이 유사시 가장 높은 권한을 가져야 옳다.

지금은 전시였고 화룡 기사단은 태양 길드 최강의 집단이었기에.

정예 500명의 힘은 정말 용도 잡을 수준이었다.

"이대로 이 시련이 끝나거든 알렉산드로 님이 돌아와도 문제가 된다. 저놈을 쳐낼 명분이 없어. 히아신스가 원한다면 권력 또한 양분되어 버리겠지."

분란, 분열.

좋지 않은 단어다.

그 결과는 결국 태양 길드의 수축으로 나타날 터이니.

하지만 히아신스가 본래 여리다는 걸 레논은 누구보다 잘 알았다.

다만, 무영이라는 강력한 방어막이 있기에 잠시 카멜레온처럼 색깔을 변하게 했다.

"어쩌시겠습니까?"

"놈이 죽으면, 히아신스도 제정신을 차리겠지."

레논은 이를 갈았다.

그래. 모든 일의 원흉. 결국 무영이다.

무영만 없었다면 지금쯤 레논이 전 병력을 지휘하며 시련을 깨고 있을 것이었다.

가장 강력한 차기 길드 마스터의 후보로 오를 수도 있었던 일.

미꾸라지 한 마리가 제대로 물을 흐려 놨다.

"그럼……?"

부단장이 의미심장한 눈빛으로 검을 꺼내는 시늉을 하자 레논이 그를 막아섰다.

"지금은 아니다. 아직 내겐 패가 남아 있다."

그 패가 무엇인지 알고 있다는 듯, 부단장이 만류했다.

"단장님, 그년은 함부로 믿어선 안 됩니다. 언제 뒤를 찌를지 모르는 년이지 않습니까."

"그래봤자 여자다. 결국 남자 앞에선 순한 양이 되고 말지. 그리고 내가 가보를 갖고 있는 이상, 그년은 나를 따를 수밖에 없다."

레논은 품을 뒤적이며 법보 한 장을 꺼냈다.

찌이익!

이어 법보를 찢자 먹으로 그려진 검은 까마귀가 하늘을 날아올랐다.

호출한 것이다.

닌자, 오오츠키 유카를.

사념을 담아 보냈으니 굳이 이야기를 더 나눌 필요는 없다.

이제 알아서 닌자가 무영을 제거할 것이다.

'유카, 너는 나를 벗어날 수 없다.'

레논이 피식 웃었다.

진즉에 이럴 것을.

레논은 무영이 죽은 뒤 히아신스를 구슬릴 방법을 생각하며 고개를 주억였다.

귀신들은 조금씩 진화했다.

예컨대 집들이 뭉쳐져 더욱 큰 가령으로 변하거나, 몽마가 실체화되어 사람을 공격한다거나 하는 일이 비일비재해졌다.

아마도 천마의 사도가 늘어나는 만큼 귀신의 영향력이 더욱 커지는 듯싶었다.

"레논은 정말 위험한 놈일세. 놈을 조심해야 할 거야."

압둘론.

부길드 마스터인 이 남자가 불현듯 무영에게 붙어선 말했다.

압둘론은 길드 내에서 팔다리를 모두 잘리고 반송장이 되었다.

하지만 왜인지 기세만큼은 죽지 않았다.

'무언가를 알고 있는 자의 여유.'

무영은 그 기세와 여유가 어디에서 나오는 것인지 대략이나마 짐작할 수 있었다.

아무도 모르는 힘, 혹은 비밀을 갖고 있는 자들이 이런 특유의 여유를 보인다.

"충고인가?"

"레논은 욕심이 너무 많지. 그래선 시련을 이길 수 없네."

"천마의 시련을 알고 있다는 말투로군."

"천마의 시련은 모르지만 천마에 대해선 알고 있지."

압둘론은 허허롭게 웃었다.

막 색깔이 있는 가령을 처치하고 정수를 얻은 뒤라는 걸 생각하면 압둘론의 여유는 일반적인 말로 설명이 되지 않았다.

무영이 답이 없자 압둘론이 혼잣말을 계속했다.

"천마는 신이라고 추앙받지만, 사실은 신이 아니야. 놈은 그저 거대한 악의 집합체일 뿐일세. 만약 신이라고 한다면…… 만들어진 신이랄까?"

만들어진 신?

월하는 천마신교를 세웠다.

그만큼 천마를 추앙하기 때문이다.

설명에도 '아수라와 반대되는 신'이라 나왔었고.

그래서 무영도 천마를 여러 신 중 하나로 믿었다.

한데, 압둘론은 아니란다.

"무슨 의미지?"

"결국 믿음의 차이라는 것이야. 믿음 하나로 신이 되었으니, 그 믿음이 사라지면 결국 신도 존재할 수 없지 않겠는가?"

새로운 견해였다.

말인즉, 천마를 믿는 모든 자를 제거하면 천마 자체가 사라진다는 것이다.

'겁을 주고 신도를 모으는 이유.'

단순한 분열 때문이 아니었단 말인가?

가짜 신은 진짜 신이 되고자 자신을 믿는 자들을 늘리고 있었다.

압둘론의 말이 사실일 때의 경우지만…….

그리고 그 중심엔 월하가 있다.

만약 월하가 허상의 신마저 만들어낸 것이라면 모든 것의 열쇠는 놈이 쥐고 있는 셈이었다.

―수상한 움직임이 있습니다.

전음(傳音)이라는 스킬이었다.

멀리서 바람을 통해 소리를 전하는 수법.

아타락시아가 보낸 목소리였다.

—50여명의 닌자가 움직이고 있습니다. 주인님을 노리는 것 같습니다. 어찌하시겠습니까?

닌자?

'레논이로군.'

놈이 유카와 관계가 있다는 걸 무영도 들었다.

언젠가는 레논이 사달을 낼 줄 알았는데, 그 시기가 생각보다 빠르다.

무영이 전두지휘하며 병사들을 이끄는 게 그리도 보기 싫었나 보다.

'다 죽여라.'

하지만 닌자들이라면, 특히 '유카'마저 자리하고 있다면 아타락시아 혼자로는 무리다.

내심 고개를 저으며 죽이라는 명령 뒤에 하나 더 덧붙였다.

'아니, 함께 가지.'

무영은 전투 도중 혼의 꼬리로 분신을 만들어 길드에 체류시켰다.

이후 아타락시아와 함께 닌자들을 사냥코자 자리를 옮겼다.

닌자와 살수.

누가 더 강하고 누가 더 실용적인가는 오랜 시간 화자된 이야기다.

특히 웡 청린은, 닌자에 대한 연구를 노골적일 정도로 심하게 했다.

서로가 같은 그물에서 논다는 생각 때문일까.

그 결과 닌자에 대한 대처법 등을 웡 청린이 모두 개발해 냈다.

그들의 기묘하기 짝이 없는 기술 모두를 파훼하고 찢어발길 수 있게끔 연마하고, 그러한 기교 모두를 살수들에게 주입시켰다.

무영은 제일의 살수로서 모든 걸 이어받았다.

과거로 돌아온 지금이라도 그 기교는 여전히 살아 있다.

촤아악!

휘영청 밝은 달 아래.

몸이 잘린다. 피가 솟구친다.

"습……!"

닌자는 말조차 끝까지 잇지 못하고 입이 꿰뚫렸다.

속전속결.

순식간에 오십에 달하는 닌자 중 절반이 죽었다.

갑작스러운 습격에 닌자들도 빠른 대처를 하지 못했다.

닌자와 살수의 싸움.

요컨대, 누가 먼저 공격하느냐의 차이가 가장 크다.

그들은 무영이 이 시점에서 공격해올 것이라고 전혀 생각하지 않았다.

그 작은 차이가 돌이킬 수 없는 결과를 만든 것이다.

아타락시아와 무영은 누구보다 완벽한 살수로 변해 있었다.

어둠과 동화되어 닌자들의 명줄을 끊었다.

'유카는 안 보이는군.'

오오츠키 유카와 강력한 닌자들은 눈에 띄지 않았다.

무영의 암습을 위해 이 정도면 충분하다고 생각한 걸까.

그렇다면 실망이다.

유카라면 무영의 진면목을 어느 정도 알아볼 안목을 갖고 있었다.

레논과는 다르게 말이다.

그리고 진면목을 봤다면, 자신이 직접 오거나 그에 준하는 대닌자들을 보냈을 터였다.

그러지 않았다는 건 아예 무영을 신경조차 쓰지 않고 있다는 방증이었다.

그저 레논의 부탁, 혹은 명령이기에 구색을 맞추고자 움직인 것 같았다.

'몸은 성하게 하라. 놈들을 언데드로 만들 것이다.'

−명령을 따릅니다.

전음이 흘러나왔다.

무율세가는 여러모로 무영에게 이점을 많이 주었다.

검골 삼형제와 아타락시아만으로도 얼마나 큰 도움이 되고 있는지.

또한, 닌자들은 최대한 몸성히 죽일 필요가 있었다.

무영은 스산하게 미소 지었다.

습격한 닌자들을 언데드로 만들고, 레논에게 그대로 선물할 셈이었다.

뿌린 대로 거두게끔!

to be continued

Flatter 퓨전 판타지 장편소설

일천회귀록

사내는 강고하게 선언했다.
"다음 삶에서야말로 나는 너를 죽인다."

『기대하지.』

세상과 함께, 사내의 심장이 찢겼다.

20,000년이 넘는 세월을 살아 왔다.
히든 클래스 전직과 비기 획득도 지겨웠다.
모든 것에 지쳐갔다.
마황에게 죽임을 당하는 순간조차도.

바로 오늘, 강윤수는 999번 회귀했다.
죽거나, 죽이거나.

모든 클래스를 마스터한 남자의
일천 번째 삶이 시작된다.

8클래스 마법사의 회귀

인류 최초의 8클래스 마법사 이안 페이지.
배신 끝에 30년 전으로 돌아오다.

설령 세상이 무너지는 한이 있더라도.
상상을 초월한 적이 눈앞에 나타나더라도.
지키고픈 이들을 반드시 지켜낼 수 있는 힘.

'그 힘이 적당할 필요는 없어.'

소중한 이들을 지키기 위한,
8클래스 이안 페이지의 일대기!